米果 著

只想一個人，不行嗎？

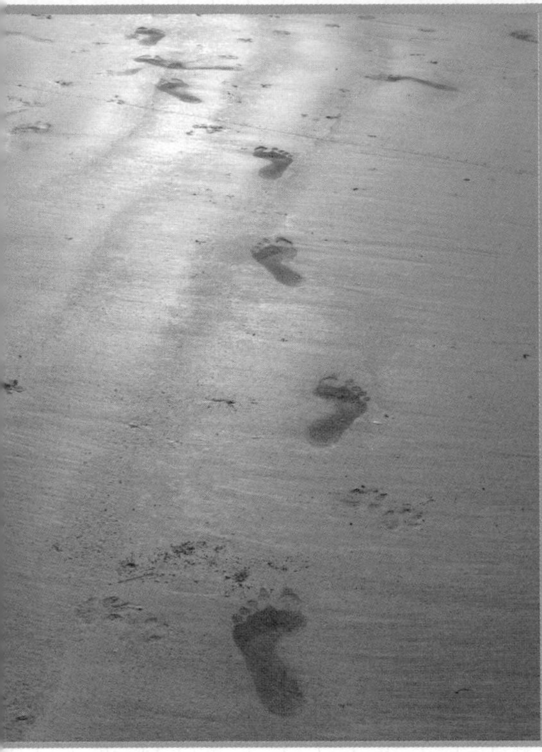

人啊，一旦承認自己的弱點，
就沒什麼好怕的了。

一個人過日子
好過兩個人互相折磨。

跟前男友前女友再碰面，
還剩下什麼呢？
只剩下人生滋味了吧。

不會覺得一個人在家過一天很可憐，反而覺得身處熱鬧的聚會才孤獨到死

青春離開了，
人生才要開始。
——奧田英朗

畢竟時間是，從發生所謂時間的時候開始，一時片刻都未曾休息地前進到現在。
——村上春樹

對於磁場不對的人，
可以毫無牽掛的跟他說
再見、再見、再見……

如果拘泥於無謂的清高來決定自己對人事物的喜好，只會讓自己越活越狹隘。
——向田邦子

我一個人，關你屁事？

【熱血自由人】史丹利

我其實一直好想這樣講。因為這個社會真的對一個人充滿了歧視。餐廳一個人去吃要加價，即使是吃到飽也是；看電影一個人根本就沒有什麼套餐組合，買起來花得錢都跟兩個人差不多了；更煩的事一個人常常會被親戚朋友視為怪咖，一直有意無意的會假意的關心你，好像你一個人就會讓他很刺眼的感覺，到底一個人關你屁事啊？

依照米果書裡的説法，我今年34歲，已經進入結婚熱區的尾端了。但我覺得男生跟女生的結婚熱區不一樣，女生到過了35歲，或許還可以擺脱熱區，但男人大概過了40歲才會逐漸被眾人放棄。

所以我現在還在結婚熱區裡面掙扎，一面忍受親戚長輩們期盼的眼光，一面持續的交女友讓他們安心。一直以來，我的女友幾乎沒有間斷過，空窗期不會超過三個月，聽起來很威，但每個女友也幾乎都是因為結婚的問題而分手，因為結婚話題是我的死穴，一被點中我就啞口無言，希望能就此昏倒會更好。

也是因為我常分手的關係，甚至某次我爸還很認真的問我説，「你的身體上是不是有什麼問題？我們都是男人，告訴爸爸沒關係……」

看來我爸已經急到在胡思亂想了啊……

也因為我都會有女友的關係，所以在一個人界當中，米果算是我的前輩高人，如果以米果最愛用的職棒來比喻的話，那她的程度就像已經在大聯盟發光發熱的王建民，而我頂多就算是在３Ａ載浮載沉的倪福德而已，我可能要達到那樣的境界還需要很大的一段努力啊！

但我還是喜歡一個人的時候，只是有時候一個人還是會有點落寞。

在寫這篇序的時候，我剛好是單身的。我很努力的在享受一個人的生活，吃飯、看電影、散步逛街閒晃等，都是一個人，剛開始當然覺得沒什麼，久了之後還是會有點寂寞，雖然我喜歡一個人，但或許我本身就不是適合一個人，有些時候喜歡跟合適還是無法同時並存的。不過我想米果真的很享受一個人的時候。

自我認識米果以來她就是一個人，但我總是看她過的很怡然自得。一個人去看電影，一個人去吃飯，一個人待在家裡作著自己的事情，完全沒聽她抱怨過，也沒有聽她有什麼不適應，每次總是看到她很開心的在享受一個人的生活，努力的在實踐她一個人的生活，她根本就是一個人界的翹楚，所以由她來寫這本書真的再合適也不過了啊！

所以，如果你想成為一個人，這本書會給你建議；如果你正好是一個人，這本書會給你勇氣；如果你一直是一個人，這本書會給你激勵。如果你討厭一個人，那這本書可能會讓你生氣，但或許也會因此讓你喜歡上一個人的感覺喔！

contents

contents

01

不結婚是神經病，你現在才知道！

攝影：林峻德

即使被數落，拿來當幸福與不幸的對照組，請記住，
完全不用花力氣爭辯，爭辯也只是浪費口水而已。
一句老話，人啊，一旦承認自己的弱點，就沒麼好怕的了。

在人類社會結構之中，存在一種以「正常婚姻關係」爲標準的幸福評量機制，用職棒生態來形容，或許比較容易瞭解。

結婚有小孩的，居冠，屬於球隊裡面的ＡＣＥ；結婚沒有小孩的，可以獲頒銀牌，屬於不動如山的固定先發陣容，不管是渴望有小孩卻苦無懷孕機會，或婚姻雙方有所共識想要當「Double Income No Kid」的ＤＩＮＫ族

（頂客族），但起碼還在A段班，穩居「勝組」；結過婚又離婚的，頂多被打入二軍，沉潛一陣子，找到再婚對象，說不定又可以升上一軍，或是去打獨立聯盟也可以；單身的，就是被貼上「敗」／「性向有問題」／「眼光過高」／「難相處」，甚至像衛生署長說的，神經病的機率比較高。

在很多人的觀念裡，管你是「不結婚」或「不想結婚」，全部都歸類於「沒辦法結婚」，也就是說，打從一開始選秀就不在教練的口袋名單裡。

前陣子讀了日本作家山田茜的小說《她和她的生存之道》，裡面有一段描述：

「在日本社會中，已婚，有兩個小孩，父親是收入穩定的上班族，母親擅長料理家事，兒子喜歡棒球，女兒喜歡小動物，這樣的組合最讓人稱羨。可惜這種組合占家庭的比例已經低於四分之一，單身或已婚而沒有小孩的比例，早就超過一半。」

我有個朋友，堅信男人不可以在二十九歲那年結婚，於是趕在二十九歲來臨之前，找一個最有可能跟他結婚的女人步入禮堂，結果二十九歲還沒過完，就離婚了。這件事情已經過了十幾年，後來他也再婚，生了孩子，但這十年之間，我還是不斷目睹身旁有好多朋友，各自在自己的年歲畫一條終止線，一定要在那一年之前把自己嫁掉或娶到老婆，否則他或她在社會或家庭和朋友之間的地位就崩解了（譬如日本有一種說法，女人過了適婚年齡就像Christmas Cake一樣，過了聖誕節就沒人要買了）。

可惜，結婚這種事情就是這麼微妙，好像晚餐時間到了，不管你餓不餓，因爲大家都在吃飯，所以你也只好添一碗飯來吃。這比喻很白爛，但確實是這樣沒錯。

我後來回想起來，自己大概是在結婚最熱門的晚飯時段，跑到外面去晃蕩了，不勉強去添那一碗飯，畢竟沒有飢餓的感覺，也沒有特別想吃的東西和非吃不可的東西，或是這次不吃下次就吃不到的急迫感。何況跟自己所追求的自由相比，結婚的冒險實在很大（而且我實在不想在過年的時候到別人家裡吃年夜飯）！這種價値觀其實不容易被現有的台灣社會所認同，所以，衛生署長才認爲不結婚的人得到神經病的機率比較高。好，我承認，如果在這種遊戲規則定義之下，我眞的是神經病。該吃飯的時候不吃飯，搞什麼鬼。

有一次，我跟母親去探視舅舅，母親終於逮到機會跟親戚長輩發牢騷，說這個女兒只管做自己喜歡的事情，也不去結婚，眞讓人擔心。舅舅在白色恐怖時期被關過火燒島十五年，只見他口氣和緩但語氣堅定說，「結不結婚是個人自由和權利，即使是父母，也不可以侵犯個人自由喔！」

舅舅，你好GJ喔！（我內心出現一群小鼓隊，咚咚愣咚，喔耶～）

我常常覺得，單身的愉快其實是從寂寞之中品嘗孤獨的快樂，卻又不能太囂張，起碼在旁人透露出同情的語氣與擔憂時，要適時讓對方體內產生一種幸福的優越感，而自己又能毫髮無傷全身而退，如何巧妙拿捏必須經過訓練才行。年紀輕的時候必然因爲旁人的閒言閒語免不了被一拳擊倒，不斷懷疑自己是不是沒辦法通過婚姻市場篩選的劣等貨，可是年紀越大越勇猛，簡直不動如山，遭到對方全力揮擊也無所謂。就算被衛生署長說，不結婚的人罹患神經病的比例很高，要多負擔健保費做功德，種種抨擊如衝鋒槍掃膛，千萬不要動怒也不要反擊，只要把握一個原則，低調低調再低調。因爲在台灣社會裡，單身不結婚的人，根本沒有機會參加選秀啊！即使被數落，拿來當幸福與不幸的對照組，請記住，完全不用花力氣爭辯，爭辯也只是浪費口水而已。一句老話，人啊，一旦承認自己的弱點，就沒什麼好怕的了。

有些人適合婚姻，有些人不適合，就好像有人固定要在六點半開飯，有些人習慣吃消夜，而有些人喜歡晚上吃清淡點，或不吃。不管最後變成怎樣，自己要對吃飯這件事情負責，不要添了飯又不吃或嫌菜色不好碗筷亂丟，或是一邊假裝吃飯又偷跑出去買香酥雞排，或者自己沒有食慾或吃得太撐，卻要管別人吃不吃飯。

到頭來，婚姻不是只有穿婚紗拍照，以桌計價的喜宴，或幾克拉的鑽戒而已，婚姻背後拉扯出一長串彼此要妥協的家庭問題與人生價值觀，沒有足夠的打擊實力，沒有足夠的抗壓性和板凳深度，能夠不受傷而一直出賽，要創自己的紀錄還要接受教練的調度，甚至要隨時觀察場上突發狀況，要算計對手的先發中繼後援，還要應付場外叫囂的加油團大聲公干擾，或是，有雨刷集團跑出來叫你打假球之類的……

而單身的人為什麼是神經病？因為結婚的朋友會一直跑來跟你抱怨另一半的惡形惡狀，說他們完蛋了，說他們一定要離婚，一定要揪出外面的狐狸精或小狼狗。當你為他們的婚姻感到憂心，或索性大潑冷水叫他們要敢作敢當時，他們又哭哭啼啼說什麼還是很愛對方之類的蠢話，或在朋友聚會又回過頭來數落說，你這傢伙不結婚一定是有問題。

單身的人為什麼是神經病？明明一個人想吃什麼就吃什麼，卻有號稱婚姻幸福的主持人在節目上面說，就是因為在餐廳看到一個人吃飯好可憐才發誓無論如何都要把自己嫁掉。

單身的人為什麼是神經病？朋友第一次結婚要包紅包，第一次離婚還要花錢陪他們去喝悶酒，因為他們說離婚已經很可憐了，為什麼還要攤錢；第二次結婚又要包紅包，結果又離婚又結婚，那些紅包錢到底是怎麼了？

單身的人爲什麼是神經病？因爲已婚的朋友都會說，不找個人結婚，老了之後會很可憐。但最後不管有沒有結婚，老了之後都有可能是一個人啊，除非夫妻兩人同時間掛掉。

但你千萬不要認爲結婚就不好，這是個人體質與晚飯進食習慣不同的問題，不過我要跟衛生署長說，不結婚是神經病這件事情，你到現在才知道喔，我早就覺得自己是神經病了。我明明過得很開心，卻有好多人很愛問我，「還好嗎？」或是住在同棟樓的某位鄰居阿嬤看我常常到陽台曬被單，常常買菜煮菜，總會搖頭嘆息說，「這女生長得不錯，怎麼不結婚？」那口氣眞像：「這個人好手好腳的，怎麼得這種病」一樣。或是我一個明明是女強人的同學卻很愛跟我囉唆，「像妳這麼賢慧，不結婚好可惜」（喂，同學，妳這話可以留在外勞仲介的場子說說就好了）。

拜託這位鄰居阿嬤，這位同學，各位朋友，衛生署長等等，不結婚是神經病你現在才知道啊！我們即使很正常也要裝成不正常，有實力也要裝成很肉腳，這樣才能讓結婚或離婚的人有身爲一軍二軍或打獨立聯盟的快樂啊，這樣不是神經病還是什麼。

02
小鐘，很抱歉我無法替你生小孩

攝影：林峻德

婚姻往往不是兩人相愛就能以一輩子幸福作收，婚姻的外圍組織才是壓力的來源，有人急著抱孫子，有人指指點點，有人沒事打個噴嚏也會讓當事者一身哆嗦，反正，喜歡上了，什麼阻礙都擋不了，不喜歡的話，什麼理由都可以拿出來擋一下……

別緊張，別緊張，這標題下得有點聳動，我不認識小鐘，而且按照他的擇偶標準，我完全不符合替他生小孩的條件，重點是，我也不想。

這個暑假很悶熱，動輒超過35℃高溫，躲在冷氣房看電視消暑似乎不錯，但是麻辣女教師由家瑞在「康熙來了」向小鐘公開示愛，卻被小鐘以「年齡過大、懷孕不易」的理由拒絕，最後淚灑攝影棚的話題，似乎引起不小爭論。小鐘一番「年輕女孩的卵子等在門口」的言論引起許多熟女大怒，但這問題好像不是正面反面可以一翻兩瞪眼那麼絕對，吵來吵去，沒有標準答案。尤其如我這種早就被摒棄在外的失格參賽者其實沒啥感覺，但說眞的，也不一定要拿報名表擠進會內賽才行啊，甚至連會外資格賽都興趣缺缺的懶鬼如我，還是覺得「節目娛樂效果」或許比較大，要不然就是企畫的順水推舟或出乎意料的大爆走使然，女人對男人公開示愛、公然被拒絕、甚至開始轉向找菲哥等等後續發展，被當成娛樂新聞翻來翻去，看來是有點難堪，普通人遇到這種事情，可能都不敢出門，或不敢去上班了吧！

但也有可能不是我所想像的那麼嚴重，只要當事人覺得可以承受，挺得住壓力，或外頭風雨如何，勇敢說愛才對得起自己，那也就無所謂了。何況許多綜藝節目的情境都是經過設計，事過境遷，或私底下喊冤說都是爲了節目效果，那麼，周遭的人就當作看戲好了。

不過女方的焦急與男方的拒絕理由，恰好都直挺挺打中很多適婚男女的心境，即使嘴硬不承認，女性觀眾說不定在內心大喊：「天啊，曲家瑞竟然做了我一直想做的事情！」而男性觀眾可能在內心大叫：「哇塞，小鐘竟然說了我一直不敢說的話！」

曲家瑞表現出許多女人的著急，而在主持人跟來賓起鬨之下，一開始就表明自己配不上曲老師，但最終還是被逼到牆角表態的小鐘只好說出許多男人的心聲，眞是不妙啊！

以往只要是「發好人卡」，或是說什麼「當一輩子好朋友會比當情人適合」的客套話，就已經有匕首插在胸口的痛楚了，倘若像小鐘這樣搬出傳宗接代的理由，究竟有多少女人挺得住呢？

眞心喜歡一個人，即使所有主觀客觀條件甚至全世界都跟你槓上，絕對是義無反顧衝刺到底啊，管她什麼卵子不在門口等待，或是一條棉被要蓋34年，都不是問題啦！但婚姻往往不是兩人相愛就能以一輩子幸福作收，婚姻的外圍組織才是壓力的來源，有人急著抱孫子，有人指指點點，有人沒事打個噴嚏也會讓當事者一身哆嗦，反正，喜歡上了，什麼阻礙都擋不了，不喜歡的話，什麼理由都可以拿出來擋一下，但話說回來，如果那是節目企畫或經紀公司的行銷方案，就另當別論，可以炒熱話題，多上幾個通告，也算成功。

女人在選擇眞愛或被迫在適當年齡生子，常常一不小心就處於弱勢，這問題很複雜，一旦討論起來，八個學期的時間都不夠，何況沒有標準答案，聰明如內政部的菁英公務員，再怎麼厲害也只能拿一百萬出來辦比賽，選個口號叫做「孩子是傳家寶」來催生，那麼，我們這些市井小民，如小鐘拿傳宗接代、父母想抱孫子、曲老師不易懷孕的理由出來抵擋，也算誠實，也算坦率，重點應該是「不愛」，曲老師不是小鐘喜歡的「菜」，但到底是直接表明不愛比較傷人？還是嫌對方年紀大、懷孕不易，比較傷人呢？

一般世俗的標準總是認爲「生過小孩的女人才是完整的女人」「走入婚姻的女人才是完整的女人」，諸如此類的定義，反正不想結婚或選擇單身的人，普遍被認爲是婚姻制度篩選過後的「不良品」，但請千萬記住，不是「有缺陷、沒人愛、被拋棄」的「瑕疵品」，而是不適合婚姻這個規則的「另類規格產品」而已。女人要是經濟許可、心態成熟，大可不必依靠受孕能力來證明自己的生存意義，那麼，男人想要傳宗接代，選擇「卵子始終等在門邊」的嫩妻，那就千萬要眞心相愛、長相廝守，否則只是爲了趕快懷孕，順利有小孩，最後卻以婚姻破裂收場，人生似乎也很吃力。

男人喜歡娶嫩妻，也「娶得起」嫩妻，但嫩妻照樣會老，而男人則是變得更老，如果沒有愛，到底要怎麼撐下去？

男人娶嫩妻就說那是跨越年齡的眞愛，女人找嫩夫就被揶揄說是養小狼狗，唉，各位鄉親，世間原本就是這麼不公平啊！

按照過去的傳統思維，爲了讓自己看起來很正常而勉強結婚，爲了早點生小孩而在某個年齡之前必須把自己嫁掉並且想辦法立刻懷孕，讓好多女人陷入「倒數計時」的恐慌之中，如果在某個年齡界線之前，既沒有結婚也喪失跟年輕女孩競爭的機會，女人自己就覺得在這套遊戲規則之下處於「完敗」的弱勢，很快就被殘酷淘汰，但重點是，誰可以決定誰勝誰敗？如果自己很清楚幸福的定義是什麼，勇敢對自己做的決定負責，也就無須介意小鐘的說法了，因爲小鐘也有他的愛情選項，也有他對婚姻的期待，也背負他的愛情婚姻周邊甲乙丙丁不相干人等的壓力，他只是拒絕了曲家瑞，不管那個理由糟不糟糕，或是惹到什麼人，都無所謂，幾個月過後，幾年過後，誰會記得呢？

曲家瑞應該也ＯＫ，她的個性，她的人生態度，她選擇以這樣的方式表達她的愛意，我們這些坐在電視機前面的沙發上癱成麻糬形狀的觀眾們只要拍手掌聲鼓勵就好。

只是從小鐘和曲家瑞的身上，看到未婚男女的焦慮與苦衷，想必也是閃躲不了的壓力啊！所以，女人們，如果夠勇敢，就學曲家瑞這樣大聲示愛吧！男人們，如果夠誠實，就跟小鐘一樣，老實說出自己的心聲吧！不用閃閃躲躲，愛情才夠爽快啊！

03

逼婚如產前陣痛

攝影：Rainy LaLa

三十歲過了，三十五歲快來了，
結婚就像颱風前夕宣布關閉的閘門一樣，
眼看著，就只剩下一條縫隙了。

某些時候，在路邊跟小狗小貓或忙碌奔走覓食無暇與我招呼的蟑螂匆匆擦身，有那微妙的幾秒鐘，我看著牠們，想起這世間萬物，應該只有自詡爲高等生物的人類，才有結婚這種限期內必須完成的壓力吧！或許狗界貓界蟑螂界也有類似的規矩，但起碼不是法律關係，或親屬壓力，或純粹來自於自己的乾著急，牠們的愛情或伴侶關係說不定跨越年齡種族貧富，應該呈現完全爆走的大奔放狀態，逼婚這種事情，無論如何都不會發生在貓狗與蟑螂身上才對吧！

查命案有子彈射擊熱區，逼婚也有熱區，通常會落在畢業之後，開始工作的前五年到十年之間，也大約是二十五歲到三十五歲之間，堪稱婚姻市場交易最熱絡最完熟的黃金十年。

有對象的，掌握黃金十年結婚生子，必定是人人歌頌的幸福典範，雙方父母滿意，長輩開心，親朋好友之間傳爲佳話，內政部最愛這種好國民，Good Job！

有對象卻不急於結婚的，也要有體力耐力抵擋旁人排山倒海的閒言閒語，所謂陰天打小孩，閒著也是閒著，結婚又不是國家大事，可是這些圍繞當事人身旁的不相干人等，最愛插手管閒事。這種管閒事的氣勢又很容易烘托出一股往上噴發的力道，很多人就這樣被推著往前衝，訂婚啦、拍婚紗啦、付喜餅錢啦、訂桌啦、莫名其妙開了單身趴被惡整、甚至喜宴還有長輩掏錢請來鋼管脫衣秀。等到自己端著喜糖送客，才驚覺人生這一段爆走完全像失憶脫序的插曲，猛然醒來，已經結婚了，只好認命。

曾經有一位婚姻出了點亂子的朋友某次酒醉之後哭得好惆悵，說他半夜醒來發現身旁躺了一個女人，而且自己還跟這個女人生了小孩，於是一夜難眠，好像自己犯下什麼重大刑案一樣。又說他好後悔結婚，結婚完全不是他深思熟慮的選擇，因爲雙方父母堅持時候到了，再拖下去，就結不成了；因爲有公司長官主動跳出來拍他肩膀說要當證婚人，不給紅包也沒關係；因爲恰好假日無聊跑去看世貿婚紗展被Sales糾纏不休只好付定金……一個中年肥胖的大男人哭成這樣像什麼話，既然不想結幹嘛眞的收紅包啊？詐欺耶，開什麼玩笑。他說沒辦法啊，所有人圍成一圈，好像得到世界大賽總冠軍一樣，把他往上拋，一次、兩次、三次，飄飄然的，完全找不到空隙可以小聲呼救，其實他還沒有準備好呢！但那些人拋完之後，就掉頭離開了，完全無視於他重重摔在地上啊！

「那種感覺就像中邪……」因爲他還沒有準備好跟交往中的女友結婚，但是雙方家長都說，兩人在一起夠久了，應該給個「交代」。信不信，「交代」這兩個字就像張天師手上的符咒，一旦貼上去，就失去自主能力了，只能雙手伸直，一直跟著張天師往前跳。

雖然一開始雙方家長都說，婚禮簡單就好，結果根本不是那麼一回事，出意見的人越來越多，主角就一直付錢一直付錢，直到辦完一場All You Can Eat的大型餵食秀，嘔吐宿醉都過去了，終於有機會好好想一想，但其實已經來不及了。

果然眞的有傳說中所謂的……被旁人閒閒無聊拱出來的婚姻！譬如姨婆嬸婆之類的長輩最擅長在爸媽旁邊咬耳朵，說年輕人就需要這樣推一把，果然一推，推出哀怨人生來了。但這些推手才不會善罷干休呢，推完婚姻，繼續催生，非常堅韌的部隊。

以上兩種人生都算在結婚熱區之內成功達陣的案例，反正結婚之後各自有煩惱，白頭偕老或劈腿外遇個性不合那就個人造業個人擔，當初逼婚有功的人從此成爲生命中的恩人，而幫了倒忙、促成孽緣的人，別想他們會出來公開道歉，沒這回事。

最怕在結婚的黃金熱區還孤單一人，立刻就被五花大綁來到逼婚的熱油鍋旁倒數計時。父母很急，兄弟姊妹很急，同事很急，朋友很急，長輩很急，連那種出生滿月過後就很少見面的某叔公也很急，或是辦公室工讀生小妹明明不干她的事情也說她很急。這些人只要輕描淡寫或不經意囉唆幾句，即使輕如鴻毛也像五雷轟頂，炸得渾身不對勁，彩色人生瞬間變成黑白，搞到後來自己也很急。是不是眞的這麼糟啊，是不是變成季末三折出清存貨也沒人青睞啊，是不是全世界的好男人好女人都結婚啦，怎麼會這樣呢？三十歲過了，三十五歲快來了，結婚就像颱風前夕宣布關閉的閘門一樣，眼看著，就只剩下一條縫隙了。

所以，趕快加入婚友社，積極去聯誼，或是到交友網站申請會員，發現不錯的對象就開始思考兩人有沒有未來，喜歡就快點告白，遭到拒絕就趕緊找下一個目標。但偏偏這種關鍵時刻，完全失去愛情的味覺，就像球員遇到低潮期，連敗不休，勝場紀錄一直無法打開，找不到好球帶，找不到擊球的甜蜜點，或每次都揮棒落空，就算勉強出手也只能擊出內野軟趴趴的滾地球，還沒踏上一壘壘包，就被封殺出局。

原本該好好談個浪漫甜蜜的戀愛，彼此瞭解，互相磨合，就好像必須經歷職棒選秀、二軍磨練，一軍登板，奠定先發地位那樣的標準操作流程，一旦身處逼婚熱區，又瀕臨倒數計時，也就不管什麼選秀或二軍的程序了，只能直衝一軍，而且堅持先發，除非是天才，否則下場悽慘。

可是，人生就是那麼奇妙，過了那個熱區，聽完百貨公司打烊的晚安曲之後，那些圍繞身旁的逼婚部隊彷彿說好一樣，緩緩退散，頂多其中一人抓住你的脈搏，觀察幾秒鐘，搖頭，嘆氣，「這個沒救了！」

也就在那個踏出熱區的剎那間，自己終於有機會喘口氣，也終於有機會冷靜想一想，在眾聲喧嘩的倒數聲浪中，自己到底失去什麼，得到什麼。脫序，或倉促；遺憾，或慶幸。渾沌之後撥雲見日，不管是來自外力還是出於自願，那趕在結婚熱區之內快點完成什麼的迫切感，真像產前陣痛啊，撐過去，就好了。

你終於可以安靜思考，自己是不是那麼適合婚姻，自己是不是沒有找到「對」的人，在世俗所謂「對」的時間裡。

當自己可以不用那麼在乎旁人的加油吶喊，當自己清楚知道什麼是必須掌握的，什麼是不能放掉的，當自己可以坦然接受那種即使被嘲笑揶揄結不了婚或眼光太高或沒有異性緣的標籤，即使萬箭穿心也能讓自卑難過的情緒擦身而過時，恭喜，你已經成功脫離熱區，闖出黑洞，可以開始好好想想人生如何快樂走下去，那必然是另一個境界了！

至於，還處在逼婚熱區的人，請好好享受這種幸福的折磨，畢竟過了這十年，就不會有人多事管你結不結婚了。忍一下，很快就解脫了！

04

一個人，不行嗎？

攝影：winona

其實，一個人吃飯很爽啊，想吃什麼就吃什麼，
不必顧慮另一個人不吃辣不吃酸，
或漢堡一定要漢堡王不可以是麥當勞，
炸雞要肯德基不可以是頂呱呱。

一個人，有時候是要被懲罰的，不信的話，你去吃麵，就知道一個人吃麵，通常被視爲瘟神。

一走進麵店，想要找一個空桌子，但老闆發現你是一個人，臉部自動浮現厭惡的神情……「瘟神，絕對是瘟神」，一個人想要占一張桌子，太不像話了！

老闆要不是用盡心機將你塞進其他已經有客人的桌面，就是替「一個人」安排特別座。那特別座往往在雜物堆的旁邊，譬如，你必須面對牆壁，或面對一堆免洗餐具的紙箱，或是你旁邊堆滿還未拆封的醬油罐，手肘稍微伸出去，那些雜物就像土石流一樣把你掩埋起來。甚至，店家老闆讀小學的兒子就坐在你旁邊，一邊寫作業一邊偷窺你吃麵，於是你跟陌生的小學生演起無聲的內心戲，「一個人來吃麵眞不應該！」「你管我，快寫你的作業！」

總之，坐在一個人的特別座吃起麵來，充滿被歧視的哀怨。

也不只有麵攤才這樣，某些火鍋店家也對一個人用餐不友善，譬如，一人開鍋要加價，理由是什麼？老闆說，浪費資源。唉～

還有飯店業者或航空公司推出的自由行專案也把一個人排擠在外。住飯店一定要兩人成行才正常，出國旅遊也必須兩人成行才值得鼓勵，一個人，不行不行，就說不行了，不要討價還價。

所以，一個人吃燒肉、一個人吃川菜、一個人吃披薩，乖乖外帶買回家最好，如果堅持在店內用餐，堅持一個人占用一張桌子，就會在老闆或帶位服務生的瞳孔反射中，看到「瘟神」兩個字。而他桌客人也會投注同情的目光，或是故意摀住嘴巴窸窣交談但其實聲音大得很，「你看，一個人吃飯，好可憐，而且占一張桌子，好浪費。」

因此外食的選項變少了，最好去百貨公司地下室美食街，一人一個餐盤，自己找座位；或是去速食店，迴轉壽司，小火鍋……但偶爾也會遇到尷尬的狀況，譬如一對情人，或一家人，或一群同事一群朋友，想要併桌，想要坐在一起，不管你是不是吃到一半，「先生，你一個人嗎？可以挪到那邊嗎？」「小姐，妳一個人嗎？可以換到對面嗎？」

另一個遭到懷疑與憐憫的場合則是看電影。我喜歡一個人看電影，而且是非假日早場，很容易就能用早場票價達到一人包場的夢幻等級享受，但是買票的時候，往往遇到類似這樣的窘境，不只一次，也不只一家電影院，而是經常發生，無所不在……

「電影×××××，全票一張。」

「請問兩個人嗎？」

「不是，是一個人，全票一張。」

「請問要加購爆米花跟飲料組合嗎？」

「不用。」

「好的，總共460元。」

「我說，全票一張。」

「喔，抱歉！請問是兩個人嗎？」

鬼打牆模式，屢試不爽，連我自己都開始懷疑，售票員到底在我身後看到什麼阿飄，否則怎會如此執意要賣我兩張票。

買菜的時候也一樣，老闆或老闆娘每次都說，「這一盤全部給妳，算便宜」，或是「這樣一把也沒有很多，全家人一餐就吃完了啊！」要不然就是「六顆一百，沒辦法拆開賣耶！」妳終於鼓起勇氣跟老闆或老闆娘說，「一大盤，我吃不完」或是「全家？就只有我一個人啊！」要不然就是「六顆，太多了，吃不完會爛掉！」天啊，對老闆或老闆娘來說，「一個人」來買魚買菜買水果，好困擾啊！

幾年前聽一個女同事說，日本某些溫泉區老旅館拒絕單獨旅行的女子投宿，理由是一個人旅行太淒涼了，應該是遇到什麼人生無法解決的難題吧，到溫泉區住宿，輕生機率大，因此遭到禮貌性婉拒。

如果是單獨旅行的男子投宿，也被拒絕嗎？

一個人用餐，一個人旅行，一個人看電影，大概給世人一種「可憐」的印象吧！只有想不開的人才會一個人去住溫泉旅館，打算做什麼與世訣別的事情，是這樣嗎？

其實，一個人吃飯很爽啊，想吃什麼就吃什麼，不必顧慮另一個人不吃辣不吃酸，或漢堡一定要漢堡王不可以是麥當勞，炸雞要肯德基不可以是頂呱呱。一個人旅行很隨性啊，不用顧慮另一個人要shopping而自己只想要坐在街角喫茶店喝一杯咖啡；旅館過夜到底要不要留床頭燈；誰先用浴室誰先蹲馬桶之類的細節，這麼快樂的事情，爲什麼變成可憐的瘟神呢？

我自己最愛的一個人用餐首選，應該是日本連鎖拉麵店「一蘭」，全店一律單人座位，座位與座位之間還有隔板，想要邊吃邊聊，或偷窺對方吃什麼麵，很抱歉，辦不到。入店之前，先從販賣機選購餐券；排隊等待時，店員會給一張問卷，勾選麵條粗細、青蔥或白蔥、湯底鹹淡、要不要獨門醬料等等選項；接著看燈號顯示空位入座，將餐券與問卷單交給廚師；拉麵端上之後，廚師90度鞠躬，正面的木頭拉門也闔上。那小小空間變成個人用餐的祕密基地，無須言語交際，不必在意其他人的注視，是單獨吃麵的奢華享受。仔細想想，在這種店裡吃麵，多人用餐才遭到排擠，才是瘟神吧！對於習慣一個人用餐的我來說，內心還是出現復仇的爽快啊！

除了一蘭拉麵，也愛販賣機按鈕點餐的松屋咖哩。這種連鎖店面座位呈馬蹄狀分布，中間有店員遞送餐點。一個人用餐很自在，要偷看對面的帥哥上班族也很方便，店面小小的，反倒是突然進來一批人，才讓老闆苦惱吧！

一個人在外食圈子闖蕩久了，大概也有一份口袋名單，哪裡的座位擺陣適合一個人用餐不至於遭到歧視，既不為難店家，也不會遭到其他客人嫌棄驅趕，畢竟自己的臉皮太薄啦！除非練就日劇「不結婚的男人」阿部寬那種來去自如的氣魄……「大爺我今天要吃燒肉，一個人，不行嗎？」

一定要學習阿部寬的氣魄才行啊！但其實也很期待航空公司或飯店早日推出一個人旅行的超級大優惠，因為嘗過一個人旅行的甜頭之後，就很難回頭參加旅行團或兩人成行的套裝行程，這商機跟太平洋一樣大呢，快來搶吧！

05

因為不容易被討好 所以結不了婚也是剛好而已

攝影：劉珮如

談戀愛多少要犧牲一點精明犀利的本事才行，
傻呼呼的最好，
太熱中推理或喜歡把腰間那把利刃拿出來揮舞，
真的不行。

怎麼會下這麼長的標題呢，儼然是碎碎唸的癖好上身了，但反覆想了幾次，還是覺得這款長版標題才夠味。人生處處妥協的無奈太多，起碼自己寫文章自己下標題這種小地方，就率性一次也無妨！

太率性的人果然是結不了婚的，畢竟兩個有脾氣的人硬要綁在一起生活，即使與生俱來滿身尖銳，最後也會磨得圓圓滑滑的，仔細想想，甜蜜之外，還眞是血淋淋啊！倘若結婚不是一件世俗所謂的「終身大事」（眞的是大事），或是正經到非得用法律來規範，誰不愛誰或誰拋棄誰就要罰款賠償，那麼，結婚就該是一種「能力」、「才華」、「優點」、「長處」，可以寫進履歷表那樣。

如果「結婚」也算成功人生的門檻，那麼，爬不上門檻，或打從一開始就不想跨過門檻，只想過門不入的傢伙，原本就不是結婚的「基本款」，沒有符合條件的能力才華優點與長處，譬如我自己，講我自己最中肯了，既不中傷他人也沒有調侃嘲笑的意味，但我眞的反省過，用「反省」兩字，應該也很誠懇吧！

拜託，我眞的反省過，不過反省的時機來得很慢，終於弄清楚了，也就變成這樣了，根本無法跟婚姻妥協。

年輕的時候始終參不透，只是覺得談戀愛都談得很扭捏，很快就因爲呼吸困難而冒出水面呼救，或是渾身發癢好像夏天流汗過後不能立刻洗澡那種違和感。受不了對方，但是更討厭自己。過了結婚熱區也就是所謂的適婚年齡之後，總算豁然開朗，原來自己不容易被討好，太難被取悅，平常那種浪漫接近於癡傻的愛人之間的甜言蜜語或幼稚行爲，全部被自己冷靜推開，踢得遠遠的。

問題到底出在哪裡？可能有兩個原因，太喜歡看推理小說是其一，腰間配了一把銳利的劍是其二，這樣描述其實很難懂，總之，談戀愛多少要犧牲一點精明犀利的本事才行，傻呼呼的最好，太熱中推理或喜歡把腰間那把利刃拿出來揮舞，眞的不行。

舉例來說，拿到情人送的大把花束，因爲對花香過敏，鼻涕眼淚齊發，噴嚏起碼十個起跳，同時想起花朵凋謝腐爛之後的淒涼與酸味，總會忍不住在內心嘀咕，可以不要送花嗎？拿在路上走，一邊擤鼻涕一邊揉眼睛，很滑稽耶！但這種心聲沒辦法明講啊，總要盡量僞裝成幸福洋溢的樣子，好浪漫好甜蜜啊，愛你喔愛你喔……天啊，完全做不來，放棄！

收到飾品禮物也很苦惱，尤其是名牌、高價、主流的那種。一般女生收到這種禮物都很開心啊，如果是淡藍色的T牌更優，譬如胸針啊、項鍊啊、耳環啊、髮夾啊、小碎鑽啊、限量款的手錶啊……總之這些甜度破表的禮物不就是愛的表現嘛！但自己太機車了，很少配戴這些東西，拿到禮物的時候雖然很開心，但全部收入抽屜也很哀怨，如果拿去網拍簡直會遭到天譴（雖然耳聞某些女生是這樣做沒錯啦），但我總覺得禮物終究有禮物的命格，即使後來情人鬧翻或感情淡去，成爲不相往來的陌生人，禮物還是無辜的啊！

再來就是香水，香水完全是我的罩門，這輩子大概除了明星花露水之外，對其他香水都過敏，照樣是噴嚏十個起跳，然後是鼻塞，好慘。

最無法突破的障礙竟然是「大餐」。吃起來很高級，很緊張，必須很淑女，連刀叉碗筷使用起來都要像天仙一樣高雅的大餐。但明明吃了沙拉、麵包、濃湯之後就已經撐到想在地上打滾了，再來一塊幾盎司的牛排，什麼霜降啦、松阪啦、美牛紐牛澳牛，還是什麼海陸大餐松露鵝肝醬高檔貨，食物已經滿到鼻孔的位置了，接下來還有甜點，膩死人的奶油巧克力還是整粒草莓櫻桃，根本是壓垮駱駝最後一根稻草啊！即使這樣也要來一杯咖啡收尾順便談談心事之類的，天啊，已經瀕臨那種擺出手刀衝刺到廁所去催吐的境界了。

等等，還有最慘的，比吃高級大餐還要慘，就是玩那種「眼睛閉起來，我要給妳一個驚喜」的遊戲。大爺，這是老梗了吧，而且老到只能騙高中女生，像我這種早就看穿世間冷暖的老骨頭，內心不免噗嗤笑出聲音來，很想巴對方腦袋，叫他別鬧了。但是這麼一出手，應該也是大崩盤了吧！

好啦，既然都到這種地步了，乾脆一併掀底牌承認，我也不愛看好萊塢電影，越賣座的，越沒興趣；也不去看什麼梵谷展或兵馬俑，總之人很多很難買票的都不愛；

什麼團購美食什麼排隊名店也興趣缺缺。所以我的人生就是以牆角蟑螂爲範本的非主流，甚至很早以前就想過，幹嘛要花那麼多錢拍婚紗訂喜餅擺桌請客，省下來的錢拿去日本旅遊聽一場七萬人的大型搖滾演唱會，不是更爽，但也會被父母長輩幹譙一輩子就是了。

唉，自己眞的不容易被討好，所有關於愛情的浪漫甜蜜驚喜，可以讓女人心花怒放的名牌貨，代表各種濃情蜜意的浪漫花束，或是在高級餐廳拿著昂貴水晶杯子「鏗～」一聲，以香檳見證彼此愛情的戲碼，還是兩人手牽手在海邊玩那種你追我我追你的遊戲，甚至看到婚紗喜餅的電視廣告用磁性語調呼喊著「我們結婚吧！」也沒什麼衝動。那代表什麼，代表這種過於冷靜又害怕談情說愛會因此變成蠢蛋的生物這輩子結不了婚眞的只是剛好而已啊！（呼，可以不換氣一次說完眞的很爽～～）

06

這種時候 有短暫幾秒結婚衝動

攝影：Patty Chang

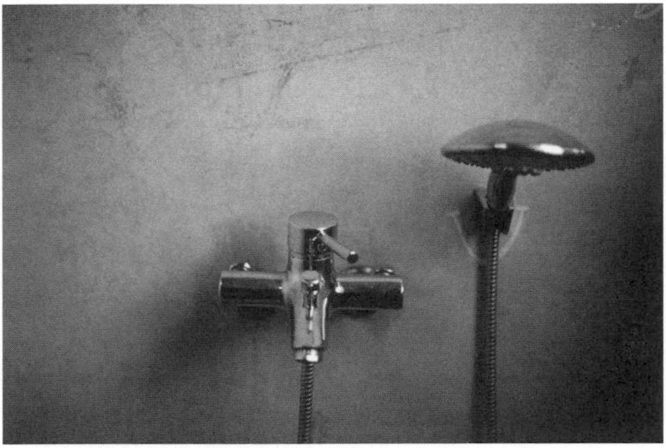

落地窗會不會碎裂，陽台會不會滲水；
也許還有莫名其妙在半夜響起的電話，
急促喘息卻不出聲的惡作劇。

很多時候，對於結婚的憧憬，有可能是一場美麗浪漫的結婚典禮，可能是難得露乳溝的婚紗照，或者是終於完成一件大家都期待而且是自己心甘情願的事情因此鬆了一口氣的感覺，當然也有那種抱定長相廝守的堅定愛情啦，但是一位已婚的朋友說，「一時衝動」加上「一時糊塗」，兩個要件，缺一不可，考慮太多，婚就結不成了。

要完全對自己終究無法結婚，順利成爲人妻或人夫這件事情斷念，有可能是經過長期測試，也有可能因爲某件事情而有所頓悟，即使已經想清楚了，知道自己個性上的盲點與癖好，確定一個人過日子好過兩個人互相折磨，但某些微妙的時刻，還是會妄想，倘若身旁有個人，應該不錯。

譬如，換燈泡的時候。因爲天花板很高，燈座構造又很複雜，就算疊兩張椅子也只能勉強搆到燈座，何況每次都忘記燈泡到底要向左轉還是向右轉才能旋緊，甚至手好瘦，脖子也痠，椅子又晃來晃去，刹那間，想到自己就這樣摔成骨折或腦震盪也未免太哀怨了。這時候要是有個身高一九〇的老公該多好，簡直可以躺在沙發上面用腳戳他胳肢窩，「親愛的，去換燈泡啦！」完全的女王架式，太爽了。

或是窗外的遮雨棚突然裂了幾條縫，雖然特力屋的ＤＩＹ師傅解說得很詳細，但是拿著「犀利控」尖嘴槍，懸在半空中，還是搏命演出啊！如果這種時候有個修繕功夫高超的男人在家裡，只要在旁邊遞毛巾喊加油或辛苦了，那該多好。

當然，還有夜深人靜時，那種搖晃很久的地震像魔鬼猛然襲來，聽著建築物鋼筋摩擦的聲音，孤寂恐懼刹那間湧上來；或是颱風警報發布的夜裡，拍打鋁窗的強勁風勢，眼看就要淹沒夢境的雨勢，落地窗會不會碎裂，陽台會不會滲水；也許還有莫名其妙在半夜響起的電話，急促喘息卻不出聲的惡作劇；或是後陽台不知名的聲響，好像什麼蜘蛛大盜正在入侵；甚至某個獨自在家的傍晚，門鈴響起之後，透過門孔貓眼看見外面站一個從來沒見過卻一臉凶相的陌生人……

可能還有這種時候：嚴重發燒，渾身無力，或是一站起來就天旋地轉不斷暈眩，不明原因的腹瀉嘔吐，僅存一點點爬到廁所抱住馬桶的力氣而已……

再不然就是這種狀況：工作上面的委屈，被誤解的怨氣，明明很努力卻被否定的淒涼，如果恰好有個寬厚的肩膀可以依靠，可以同仇敵愾，同聲幹譙……

或是明明很想喝啤酒，但酒量只有一口就醉了，剩下的好幾口，如果有人可以豪邁一飲而盡……

然後也有像我的某些男性友人，說他們回到家裡亂丟襪子亂丟襯衫亂丟牙籤，要是有個女人跟在身後逐一撿拾歸位，那種時刻最想結婚啊！（有個外傭不就好了。好啦，我不懂啦！）

不過，那些情緒脆弱身體病痛或想要倚賴什麼人可以撒嬌的時刻，總也是硬著頭皮去解決或硬撐過去，隨即發現自己也不是那麼脆弱沒用啦！何況，只是換燈泡、修遮雨棚、共度颱風地震感冒發燒暈眩拉肚子的難關，或是找人訴苦抑或把啤酒喝光這種事情之外，其他時候還是堅持一個人比較快樂，那硬是找來短暫急難救助的對象也未免太可憐了吧，而自己也未免太自私了！

有一次聚會，恰好在場的都是單身的曠男怨女，話題莫名其妙進行到一個真心話大告解的時刻，遊戲規則就是每個人都要講一個讓自己非常非常想要結婚的moment，於是答案出現讓人完全意想不到的大爆走，譬如：

「冬天被子很冷，而手腳又很冰的時候。」（但烘被機或電毯就可以克服啦～）

「想要散步卻不希望太孤獨的時候。」（其實公園有很多阿伯～）

「過年過節返鄉，不希望被長輩碎碎唸的時候。」（所以才有那種年節出租情人的新興行業～）

「洗澡的時候很想找人幫忙刷背。」（拜託，有很多衛浴用品也辦得到好不好～）

「希望有人幫忙燙襯衫。」（喂，你可以買防皺襯衫或送洗啊～）

「看日劇感動落淚的時候，有人可以立刻遞上面紙。」（但只要把面紙放在隨手拿到的地方就可以啦～）

「喝醉酒的時候，有人可以幫忙處理嘔吐物。」（什麼東西啊～）

「不想做家事的時候。」（只要肯花錢，也有家事管理員可以幫忙～而且你這傢伙也太自私了吧！）

每個說法後面都緊接著冒出一堆旁人七嘴八舌提供的解決方案，這種時候可以對他人的結婚衝動適時潑灑冷水確實非常爽快。果然結不成婚的人都有不切實際的妄想症，又欠缺一鼓作氣妄想下去進而自己收拾殘局的氣魄與傻勁，反正就是那種既不衝動也不糊塗，不上不下的膽小猶豫，無法一時衝動一時糊塗甚至一鼓作氣走入婚姻，這才是單身的人無法突破的障礙吧！

如果已婚人士在場，一定會大聲斥責，「這些蠢蛋，婚姻才不是你們想像的這麼簡單呢！」

好吧，那些短暫幾秒鐘的結婚衝動，就一閃而過吧！

07 終身大事也應該有B計畫

攝影：林峻德

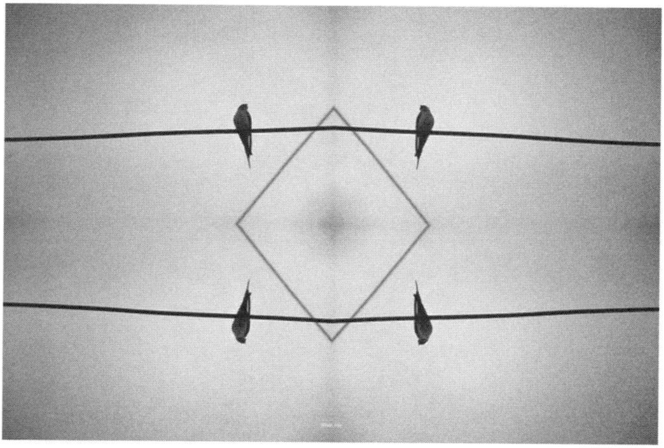

完美的A計畫並非人人適用，
就好像有人每一期統一發票都會中獎，
有人等了十年還是槓龜一樣。

村上春樹在《關於跑步，我說的其實是……》一書中，有過這麼一段傳神的文字敘述：

「我們的人生在某一個時點，被迫需要明快下結論時，來我們家咚咚敲門的，大多是手上拿著壞消息的郵差……然而這不能怪郵差……可憐的郵差只是把上面交代的事情做好而已，交給他工作的，沒錯，就是你所熟悉的現實。因此我們需要有所謂的

B計畫。」

哇，這段文字就好像蛔蟲一樣，剎那間，從我閱讀的瞳孔鑽進體內最縝密的縫隙裡，就那樣坐了下來，成爲肚子裡的蛔蟲，不是寄生蟲之類的，而是看透心思的那種蛔蟲。

我也不清楚，爲何結婚必須被定義成「終身大事」，可能跟「古時候」所謂的「修身、齊家、治國、平天下」的順序有關吧，或者，「成家立業」也有其典故，先成家，才能立業。但「古時候」的人也未免太寫意了吧！現在哪個傢伙沒有先立業賺些錢，何來本錢拍婚紗訂酒席甚至支付房屋頭期款，除非是富豪貴公子，要不然就是老爸很有錢的時尚名媛之類的。

但「終身大事」聽起來就很容易產生錯覺，彷彿做完這件事情，就可以在地上躺成大字型，呼呼大睡，或此生再也沒有什麼無法突破的障礙了。雖然實際情況也許沒那麼輕鬆，但無論如何，畢竟是被世俗肯定的A計畫，因爲「找到另外一半才能成就一個圓」「人生才不至於殘缺」，每天都可以「花好月圓」，所有婚姻專家愛情顧問甚至內政部都會給你按個「讚」。

可是類似這種完美的A計畫並非人人適用，就好像有人每一期統一發票都會中獎，有人等了十年還是楨龜一樣，也就像村上大叔說的，被迫在某個時點做明快結論時，拿著壞消息的郵差就會來咚咚敲門，當然不是每次都這麼倒楣，不過以經驗來說，也是以倒楣消息居多就是了。所以，不僅僅是村上大叔提到的慢跑，終身大事也需要B計畫。當A計畫無論如何都無法成功的時候，除了沮喪怨嘆搞自閉之外，還有很多事情可以做啊！也就是A計畫之外，還有B計畫、還有C計畫，一直到XYZ……。A之外，簡直是海闊天空，沒必要躲在不開燈的房間裡面一直哀怨沒人愛，想想那些藍天碧海、猛男的腹肌與美女的比基尼，是不是很銷魂呢？

啊，離題了，先修正一下。

人啊，從隱約感覺自己結不了婚，到完全斷念這個過程，不管如何曲折離奇或僅僅在平淡之中就被默默KO，幾乎都可以寫出一系列「上、中、下」冊的連載血淚史。一旦被貼上標籤，「沒人要」、「眼光太高」、「不好相處」、「脾氣怪異」、「沒有責任感」……類似這樣的冷嘲熱諷，即使不是當面講，也多少在背後指指點點，成爲眾人拿來嘲笑藉以讓各自的人生更加快活的話題，於是這些標籤就像隨時從旁人嘴裡吹出來的毒箭一樣，閃都閃不掉。

你知道在球場被KO多慘，投手投不滿五局被打爆叫做KO，球隊大比分落後被對手提前打趴，也叫做KO，兩個字都要大寫，可見多嚴重！

所以，就自暴自棄了，像生產線篩選過後的不良品一樣，有時候內心的自卑比旁人的揶揄還要萬箭穿心，於是每個來咚咚按門鈴的郵差，也就配合演出，一直送來「現實」交代的壞消息。

好啦好啦，那就承認吧，「沒人要」、「眼光太高」、「不好相處」、「脾氣怪異」「沒有責任感」，全部照單全收。揉一揉，吞下肚子，承認A計畫徹底失敗。抱歉了，對人類社會沒什麼貢獻，眞是太對不起，鞠躬。

一旦這麼想，好像也沒什麼好自卑的了，主動在自己額頭上面蓋一個「不良品」的戳印，或是自己去刻個印章在屁股蓋上「此商品超過結婚賞味期限」之後，朋友們，那就瀟灑轉身開始執行B計畫吧！

你或妳，就不必再把購屋預算放在三房兩廳、近明星學區的物件，一個人住起來舒服就好；如果想買車，就不必考慮全家出遊的休旅車，而是選擇停車方便的省油小型車；如果在公共運輸系統便利的地方，那就走路、騎腳踏車、搭捷運公車；想出國短暫遊學就立刻行動吧；想讀研究所就快去拿報名表吧；想轉行換工作就認眞計畫吧；一直想要做的改變這時候也可以無牽掛的大步邁出去；保險預算就放在醫療險養老年金險，既然不用操心子女教育費，那些死了才能領的終生壽險只要夠簡單處理後事就可以了。

交朋友只要磁場相符話題對稱就好，相處起來不愉快就揮手再見，沒必要「以結婚為前提」尋尋覓覓；以前或許還顧慮到婚後該如何如何，所以現在不能如何如何，既然進入B計畫，就對自己好一點。別人如何看待你的未婚單身眞的無所謂，自己知道自己可以過得很好最重要。

所有因為不結婚的負面弱勢條件，都要想辦法逆轉成為強項，不結婚或不想結婚或結不了婚已經讓家人父母朋友擔心了，如果一直陷入「敗」、「慘」、「可憐」、「缺點」、「恥辱」的泥淖中，那就眞的一路慘到底了。一定要想辦法讓關心你或妳的人都相信，就算不結婚不想結婚或結不了婚，一個人也可以過得既優雅又快樂，全力往陽光處奔跑那般充滿希望才是。

說不定開始啓動B計畫之後，來咚咚敲門的郵差終於遞來好消息，作家「辻仁成」不也說過，「永遠的幸福不存在，而永遠的不幸也不存在」，至於「幸福」或「不幸」的定義因人而異，自己搞清楚就好了。

08

嗨！前男友前女友

攝影：許婉鈺

沒這種攜手共度一生的緣分，好過彼此怨懟互相仇視，
可以在多年之後偶爾相遇，還能微笑寒暄，這樣便好。

如果你或妳還在二十代的區塊之中，或更小，可能剛剛經歷一場刻骨銘心卻支離破碎的愛情，明明愛得要死卻不能在一起，彷彿偶像劇或純愛電影才有的腳本，不管是初戀，還是第N次戀愛都好，那麼，你或妳一定不相信我接下來要描述的種種，認爲那是胡扯，怎麼可能這樣。

當然，你或妳如果已經過了三十，超過四十，或往人生更爲深邃的境界前去，那麼，對於這種種，想必也有「過盡千帆」或「曾經滄海難爲水」的感慨。我不是要把場子搞得這麼嚴肅的，但偶爾也要正經來談談類似的事情，畢竟，某些情緒要經過年歲沉澱，歷練到臉皮厚一點的時候才有辦法說得出口。

關於人類腦記憶體對於前男友前女友的儲存空間與檔案保存能力，試申論之。

開玩笑的啦，又不是寫博士論文。

年輕的時候太容易被愛情激發出浪漫激情的言語，倘若不能好好相愛下去，一方先離開或兩方同時翻臉，那麼，離別的語言就像互相揮砍的武士刀，哪一刀不是在心頭畫下五公分以上的傷口，鮮血直流，起碼要痛上一年半載。

即使有冷靜分手這種事情，無論如何都要丟下一句千刀萬剮的淒美之語才能心甘情願說再見，或某一方出現「淋雨」「酒醉」「去海邊」這種標準悲壯戲碼，雖不像武士刀那樣直接砍下來，也有一釐米一釐米慢慢撕裂的刺痛感。或者某男抱住某女說什麼這輩子再也不會愛上別人了（但其實下一個女孩出現之後就會立刻將前女友的記憶清空）；要不然就是某女拖住某男的大腿，說這輩子再也不談感情了（但其實過了幾年，連前男友的名字都想不起來了）。

事過境遷，三年、五年、十年，或更久。熙來攘往的街頭，捷運的某站某月台，或下雨的公車專用道，大賣場的結帳櫃臺，電影售票口的人龍，百貨公司一上一下的手扶梯……恍惚之間，某張熟識的臉孔，某個眼眸凝視的剎那間，就算擦身而過，沒有交談，但你或妳默默意識到，那個人，前男友，前女友，胖了，瘦了，頭髮稀疏，或白髮摻雜，歲月的小皺紋與小眼袋。他或她，一個人，或兩個人。也許手裡牽著小孩，那小孩看起來和他與她那般神似……

你或妳在那個也許只有短暫幾秒的瞬間，自動按下內心的Pause鍵，看著他或她變老了，憔悴了，發胖了。糟糕的是，完全想不起他或她的名字，猶如自己也忘了自己這些年來，也老了，憔悴了，發胖了。

他或她的身旁有誰？比我更美？還是比我更帥？或者，實力差距太大，根本不是對手，自己因而有點驕傲。剎那間湧現的競爭或成就感或挫敗感，完全打亂了這些年以來已經築好的防火牆，不管當初是誰先不要誰，誰先開口說分手。

說不定你們有機會可以互相認出對方，冷靜寒暄之後，再好好說聲再見。多年前分手的時候抱在一起痛哭的情緒已經結痂，這時候帶著世故風霜恰好可以偽裝堅強，那些靦覥尷尬就暫時藏好。

「小孩多大了？」「明年就要讀小學了。」「喔，這麼快！」「妳呢？小孩多大了？」「我？一個人啊，沒結婚。」「…………（無言）」

或者像這樣：

「好久不見！」「對啊，好久不見！」「一個人？」「對，一個人！你呢？」「離婚了，上個月。」「眞的?!（眼睛發亮）」「眞的啊，不過，我的女朋友在前面買東西，對，穿短裙那個。」「…………（黯淡。一拳斃命）」

或是，輾轉從兩人共同認識的朋友那裡聽到他或她的近況，你或妳默默臉色一沉，隨即想起當初選擇不在一起的理由，那些被劈腿拋棄的種種不堪遺憾惋惜，會不會到了此時此刻，只剩下輕輕的喟嘆？還好，我們沒有在一起。

好吧，就算分手之後再也沒機會碰面了，偶爾回想起來，曾經發生過的證據變得很薄弱，畢竟相片也丟了，禮物也不在了，叫什麼名字，長什麼樣子，當初爲什麼那樣死心眼，究竟喜歡他或她的哪一點。

隱約記得兩人曾經去了哪一家店，看過哪一部電影，但是那個人到底叫什麼名字啊，長什麼樣子啊，完全不記得了。雖然很糟糕，但這樣也好，腦袋如電腦硬碟，人生閱歷越長，記憶的空間就越小，忘了也好，反正，終究沒有在一起。

也只有那種中年之後的相遇才會撥開年輕當時的種種因爲愛情而什麼都勇於拋棄

或疏於考慮的迷霧，能夠誠實而殘酷的剖析你或妳對婚姻或兩人共同生活所不能妥協的脆弱，終於能夠坦然而勇敢的承認，當初沒有在一起，果然是有原因的。也因爲沒有在一起，避免了互相折磨的痛苦，如此一來，竟然多了幾分安心與釋懷，就當是自己有所缺陷過於自私，沒這種攜手共度一生的緣分，好過彼此怨懟互相仇視，可以在多年之後偶爾相遇，還能微笑寒暄，這樣便好。

那麼，前男友或前女友們，就各自爲各自的幸福去努力吧！不管誰或誰結婚，離婚，一個人，或小孩讀小學國中高中了；或是誰或誰仍舊維持當年讓你一見傾心的模樣，或完全失去當時愛得死去活來的魅力；還是再相遇或再次聽到什麼人提及這個名字時，心頭那塊痂會小小崩裂一塊碎片，有那種急迫著想要確認對方到底是一個人，還是曾經結婚又單身，或單身之後又急於探詢你或妳的消息，因此內心起了不小的波瀾，有那種不如趁著天黑之前再努力一下的痴傻與幻想。

每每想起舊情人的相遇，腦海就會浮現「竹內瑪麗亞」的歌，〈駅〉～車站。但我鍾愛德永英明的翻唱版本，中年男人稍許沙啞與空氣感的嗓音，MP3耳機就這樣貼著耳朵，彷彿眼前正在上映的中年重逢情節，敘事一般的詠嘆OS……

一對昔日戀人，在黃昏的月台相遇……看見曾經深愛的人，穿著熟悉的雨衣……

同樣匆促的腳步聲……思念的情緒出現之前，早一步湧上來的心酸……原本很想逞強跟對方說，「沒有你的日子，我依然過得很好啊！」但怎樣都說不出口……分手兩年的時間，「改變了你的眼神，還有我的髮型」……兩人終究在月台各自搭上不同方向的列車，回到各自等待的伴侶身邊……「看著你低頭沉默的側臉，不知不覺淚水湧上來，第一次深刻知道，當初你曾經如何深愛過自己。」……「我們就要被車站月台的人潮吞噬了，看著你消失的背影，心中殘留深深的哀傷。」……離開剪票口，雨勢停歇的街道，如往常一般的夜晚，再度降臨……

好了，關掉MP3，拿開耳機，這種淒美的重逢，留給德永英明的歌聲就好。那些酸甜都已經失去最初相識的原味，你或妳也許變得更堅強，也許變得更脆弱，更小心翼翼，更禁不起那種拿著武士刀互砍或小刀片慢慢剮的刺痛。中年過後甚至遲暮將近，倘若跟前男友前女友再碰面，還剩下什麼呢？只剩下人生滋味了吧！

09 每個年代的婚促婆婆媽媽都很犀利

攝影：林峻德

媒人這種身分，只管成交，不保證幸福，這麼爽快的事情，當然越多人「讚聲」越好。

這裡說的「婆婆媽媽」不是狹隘指「婆婆」跟「媽媽」兩種人，而是廣泛形容那些因爲某人不結婚不想結婚或沒有結婚對象而剎那間爆發恐怖的熱血熱情、彷彿傾注畢生功力非得摻一腳盡點心力的那些阿公阿嬤叔公嬸婆阿姨姑姑舅舅表哥堂姊大嫂同事洗衣店老闆養樂多媽媽甚至辦公室工讀生一干人等。

總之男男女女，年齡不拘，

親疏不忌，全部都在嘴角點痣變成第四台冷門頻道播出的民間故事戲劇出現的媒人婆。這些人會突然因爲要促成某某人早日完婚，而短暫自動靠攏組成「某某某婚姻促進委員會」之類的團體，簡稱「婚促」。速度之俐落彷彿忍者部隊，咻一下～～就集合成形。完全義工無給職，花時間花力氣費唇舌，唯一得到的回饋，就是話題不缺，隨時都有愛情八卦供茶餘飯後甜點嗑牙聊天使用。不管有沒有幫上忙，日子會因此充滿歡樂，曖昧話題源源不絕，委員與委員之間說不定還能迸出意想不到的火花。

所謂媒人無處不在，如戰場過後的未爆彈一樣，「危險，勿近。」

這類婆婆媽媽團體，不管在哪個年代都是狠角色，要不然你看那些收視率很高的韓劇日劇或是八點檔本土劇也經常出現這種戲碼，最恐怖的是，這些狠角色會從電視裡面跳出來，直接在你身旁搖旗吶喊，只要你有親戚有朋友有上班，而恰好你也在適婚年齡而沒有結婚的跡象，這些人就會快速集合起來，成爲婆婆媽媽或類似婆婆媽媽的婚促部隊。

這些部隊，因爲集體發現眼前出現獵物的亢奮情緒作祟，非得把目標物一腳踹入洞房不可。這些人展現的吹捧促銷功力不下於購物台主持人，甚至互相扮演「神奇的傑克」，只要有那麼一點點可能，就要像某些昂貴的激勵課程或直銷團體或宗教聚會那樣，振臂高喊，這對象太好了，你們太適合了，傑克，這緣分眞是太神奇了。

畢竟是促成良緣嘛，好像做功德一樣，而且媒人這種身分，只管成交，不保證幸福，這麼爽快的事情，當然越多人「讚聲」越好。所謂團結力量大，眾口鑠金，就像房仲業者，什麼漏水屋、海沙屋、凶宅，一定要想辦法掩飾，全力撮合買賣雙方最後能夠成交才是王道。

這些婆婆媽媽部隊最常出現在家族聚會場合，譬如，農曆年，中秋烤肉，清明掃墓，某親戚娶媳婦嫁女兒的場合，或某長輩的告別式。發現眼前竟然有某人瀕臨適婚年齡賞味期限，再拖下去就要過期了，不管是十年不見的表姑，還是平常根本不相往來的二嬸婆，全部都靠過來，「怎麼會這樣？」「長得不錯啊！」「是不是眼光太高啦！」「緣分一直不來，很煩惱喔！」

對主要目標一輪掃射之後，接下來就會朝著次要目標掃射，你或妳的爸爸媽媽開始穿起防彈背心或舉起鋼盔，迎接那些此起彼落的責難。「你們這兩個做父母的怎麼這麼沒有責任，小孩黑白來就算了，你們也『無要無緊』！」（砰，大砲直接轟下去，很強吧！）

於是整個家族聚會的場合，逐漸在未婚的你或妳，以及肩負連帶責任的父母周遭，形成黑壓壓的人牆，彷彿觀賞什麼稀有動物似的，盡情指指點點。不管聚會主題是年夜飯、中秋烤肉、清明掃墓，還是某伯某叔某姑某姨娶媳婦嫁女兒的場合，甚至是那種有司儀在一旁提醒「家屬答禮」的嚴肅場景都無所謂，「婚姻促進委員會」不用宣誓無須繳會費，立刻成形，就好像酒促妹一樣，不用召喚，隨時都會找時機逼近。

這些委員們，不只出一張嘴，還會積極付諸行動。

那個嬸婆的媳婦的表妹的同學的鋼琴老師，也還沒結婚啊，個性很好，長得不錯，當老師，收入很穩定，看起來就是跟你很「速配」。先吃吃飯啦，「走走看」，反正也不會少一塊肉。（請注意，長輩都很愛建議「走走看」。）

還有，那個舅公的孫子在農會上班的同事的哥哥，脾氣不錯，雖然長得不高，可是沒有禿頭，薪水好像很高，而且保證沒有結過婚喔！就先「走」一陣子，喜歡就請對方來談日子。（來了來了，又來「走」一下了。）

當然也不只長輩才這麼熱中，辦公室的婆婆媽媽部隊也很猛。什麼某某客戶的兒子的大學同學啦，某某廠商的管理部科長啦，什麼修理印表機的少年ㄟ有個叔叔啦，還是常常去買衣服認識的專櫃小姐啦……「不要有壓力喔，先走走看」（阿娘喂，到底要「走」去哪裡啊？）

然後被鎖定的目標立刻淪爲眾人挾持的肉票，不去吃頓相親飯就死定了。而且說媒的人都好像按照同一套劇本演出，「半席」一定退場，丟下兩個倒楣肉票在場上硬撐，以下對話隨即登板：

「興趣是什麼？」

「喔，寫毛筆字。」（其實是玩Game。限制級的，很暴力的，把對手的頭打爛的那種Game。）

「休假做什麼？」

「郊外踏青啊！」（其實在家睡一整天，睡到口水流到枕頭上。）

「喜歡讀什麼書？」

「村上春樹，龍應台啊……」（其實只看壹週刊，而且只有大便跟美容院洗頭的時候才看。）

「會下廚嗎？拿手菜是什麼？」

「一般的料理都沒有問題。」（心虛～～其實都是阿Q桶麵御飯糰跟國民便當。）

反正這種相親飯都是吃得痛苦萬分，完全把眞面目縮到螞蟻那麼小，盡量保持氣質坐姿，兩三個小時下來，簡直腰痠背痛，好想趕快回家在床上躺成大字型。

爲什麼要勉強自己去吃相親飯呢？完全是爲了給父母長輩同事與所有關心自己婚事的善心人士一個「交代」啊！越是接近適婚年齡的截止日期，越多人來跟你要那一捆「交代」，不是有黏性或透明不透明的「膠帶」，如果是那樣，去找「四維膠帶」老闆贊助就好了。

也許妳是個瘋狂時髦的搖滾咖，喜歡拿螢光棒在LIVE HOUSE跟隨電吉他搖擺，卻要跟一個假日只會在家裡挖鼻孔摳腳看電影台不斷重播朱延平電影的男人湊在一起，而且在「婚促」部隊的品質掛保證之下，鐵口直斷你們兩個人眞是天生一對。

也許你喜歡去球場邊喝啤酒邊喊「舉起你的左手，安打安打，舉起你的右手，全壘打全壘打」，還喜歡去夜店喝一杯看辣妹，卻硬要跟一個過了九點鐘就必須就寢，怕曬太陽會出現黑斑的女生湊成一對，因爲「婚促」部隊拍胸脯說，這樣個性才能互補啊！

反正你或妳所信仰追求的愛情或結婚ＳＯＰ都已經因爲一直結不了婚而受到質疑與否定，這些婆婆媽媽阿公大叔或根本不是這種年齡輩分卻熱中同樣事情的親朋好友們，已經嗆聲「閃開，讓專業的來」，那你們還能說什麼咧？

當然這些婚促委員會偶爾也有佳作，畢竟相親撮合是一種機率，從此婚姻幸福大有人在，倘若結婚之後以離異收場，這些委員當然不會公開道歉啦，頂多摸摸下巴說，「其實，一開始我也覺得你們不適合！」

這，還能說什麼呢！不曉得有沒有類似的醫學研究，證明談論或參與旁人的愛情，體內會因此產生高濃度的幸福賀爾蒙，足夠壓制自己人生的不幸。倘若眞的是這樣，被盯上的人，就只好認命了，畢竟也是犧牲自己照亮別人嘛！

好啦，我承認用婆婆媽媽部隊就跟「三姑六婆」一樣，帶有歧視意味，不如，就趁這個機會正名爲「婚促部隊」好了，但沒有經過ＩＳＯ認證，應該也沒人理我就是了。

10 對結婚產生過敏現象

攝影：Amelia Yeh

也許是……一個人的自由勝過兩個人的孤獨。

自己是過敏體質，每當季節交替的時候，過敏鼻就像埋伏在牆角很久的一群蟑螂，腳一蹬，觸鬚一揚，衝啊，就撲上身，完全措手不及，甩都甩不掉。於是每天早上醒來，先坐在床邊進行首場噴嚏爆破秀，一定要把自己搞得眼淚噴嚏齊發才能完全清醒。當然一天之中，爆破秀不定時也不限場次，噴嚏、鼻塞、流鼻水、眼睛癢，各種症狀毫不客氣輪番上陣。除了鼻過敏，還有皮膚過敏，譬如痠痛貼布貼太久也就變成皮膚紅腫，或是對某種食物過敏，一碰唇舌就腫成香腸嘴那樣。總之，這些過敏都還能透過健保給付去看醫生啦，擦藥啦，要不然就去找中醫預約三伏貼，但是對結婚產生過敏現象，健保局也不會理你，好悲哀啊！

爲什麼會對結婚過敏？光是聽到這兩個字，或是一個人搬一張板凳坐在窗邊想像，就覺得渾身癢，不對勁。這一定是一種病狀，雖然有人說，結婚也是一種病，不過相較之下，不結婚的人好像普遍被認爲病得比較嚴重，而且一直被說成有病，好像也已經到了那種連反駁都覺得白費力氣的地步了。

婚姻應該是幸福的，快樂的，即使互相折磨也要拿出人類的責任感來迎擊，要忍耐，要妥協，要包容，知名的愛情婚姻專家不都是這樣歌頌的嘛！可是有這種結婚過敏體質的人完全不適用這些不斷被歌頌的金科玉律，有人鐵口直斷說這是一種「恐懼症」，但這些「鐵口」還眞是不瞭解，這哪是恐懼，那是一種過敏，或者，是一種選擇。譬如有人喜歡玩接龍，有人喜歡玩撿紅點，不能因爲玩接龍的人多，就說選擇撿紅點的人恐懼接龍，這樣不公平。

既然用「恐懼」來形容不妥，那爲何是「過敏」？這種理由聽起來也很讓人渾身癢，不是嗎？

所有過敏症狀，都要透過縝密冗長的追蹤過程，才知道「過敏原」到底是什麼，究竟是氣候、塵蟎、體質，還是基因……或即使如我這種資深過敏患者也不知道的某種不知名微生物或細菌作祟。那麼，對結婚過敏的過敏原到底是什麼？

也許是……一個人的自由勝過兩個人的孤獨（唉，好像歌詞，太文藝腔了），總之，意思是說，因爲對一個人生活太有把握了，反而對兩個人在一起生活產生不適應的違和感。好比那些瑣碎的問題如同牙膏要從前面擠還是後面擠；吃過飯要不要立刻洗碗；擤過鼻涕的衛生紙要不要立刻丟進垃圾筒；衣服應該天天洗還是兩天洗一次；韓劇比較優或者日劇比較好看；睡覺應該燈光全暗還是留一盞床頭燈比較安心……如此類的瑣事都還算其次，反倒是那種兩個人從此要綁在一起，單獨去做什麼事情就覺得對不起誰，或沒有把時間留給對方就覺得虧欠愧疚的……比起過敏還要讓人焦躁的身心狀態，也許才是讓人對結婚卻步的原因。於是想盡辦法閃開結婚那塊美麗的入口霓虹招牌，匆匆低頭經過，連等待的號碼牌都不想抽了。

也許是……婚姻並不可能是單純兩個人的事情，而是很多人的事情。原本以爲是雙人纜車，快要關門的時候，卻湧進數十人，而且每個人都說，他們手上握有車票，只要擠得進去，沒座位沒關係。但是等到纜車啓動，他們又說，「爲什麼沒有預留座位？」「這樣很擠啊！」「本來就很擠啊，是你自己沒有想清楚。」

那麼，也許是……想要在自己家裡吃年夜飯；想要吃過飯之後什麼事都不做就癱在沙發上打瞌睡；想要耍脾氣跟爸爸媽媽大聲爭辯也可以立刻復原彼此不記恨；想要用手偷捏桌上煮好的菜，也不必在意被長輩罵沒規矩；想要在假日睡到中午自然醒，披頭散髮錯過早餐午餐被唸幾句也無所謂。

明明知道這樣率性孩子氣有點不應該，據說只要是成熟負責任的大人本來就必須爲結婚做很多犧牲與準備才對啊！就好像醫生一直叮嚀，不可以吃冰，但是看到剉冰就整個人撲過去；或不可以吃辣，但某些日子某種情緒底下就非要麻辣鍋不可；或是體質太濕太冷，但是遇到秋季限定啤酒在便利超商冷藏櫃眨眼時，還是毫無招架之力，好像被酒鬼附身一樣，自動抓了兩罐就去櫃臺結帳。倘若因此過敏症狀加劇，因爲是自作自受所以也沒什麼好怨恨的，那麼，對結婚產生過敏，是不是同理可證？即使談戀愛也不要以結婚爲前提交往才不會覺得有壓力，但愛情的盡頭到底該不該以結婚收場？可是又有人說婚姻是愛情的墳墓，想來想去也是鬼打牆，不知不覺就過敏了。

症狀嚴重者，也不光是自己對結婚過敏，甚至連旁人決定結婚都會讓自己感覺焦慮，他們眞的適合嗎？考慮清楚了嗎？好像很快就會離婚啊！他的媽媽一定不喜歡這個媳婦！或是她的爸爸根本很討厭這種女婿！天啊，那他們幹嘛要互相折磨呢？看吧，光是選喜餅拍婚紗照就開始吵架了，我看，應該是撐不久了。

當然最厲害的過敏現象還是發生在自己身上：

譬如不是那麼熟的朋友或同事，一旦多事問起，「幹嘛不結婚啊？」「不能結婚？不想結婚？還是有什麼原因？」「要不要幫忙？」（沒什麼好說的，立刻在內心拿出一枝奇異筆，在這些人的臉上畫一個叉）。

譬如偶爾去髮廊洗頭，根本沒什麼交情的洗頭妹為了表示熱絡，一邊沖水問妳要不要潤絲一邊問說，「小姐，結婚了嗎？有幾個小孩？」（只是洗個頭為什麼要跟陌生洗頭妹交代自己的婚姻愛情和生育狀況，唉，以後不會再來了）。

譬如百貨公司特價花車，非常熱心的阿姨店員不斷跟妳裝熟還拚命慫恿，「一件799，兩件算妳1500，多挑一件給老公嘛！」（是怎樣，買兩件給自己不行喔）！

這種過敏症狀，應該會跟隨年紀增加，越來越嚴重，就好像骨質疏鬆，就好像老花眼，就好像膽固醇血糖尿酸三酸甘油脂一樣，即使是小小的、微弱的、旁人不經意脫口而出的閒聊哈拉，都可能成為過敏原，讓你鼻塞流鼻水或皮膚搔癢好幾個月。

也許那些有過離婚經驗的人，同樣也會對「結婚」一詞產生過敏症狀吧，甚至聽到「離婚」兩字也會突然心頭震一下，那麼，要不要來組個「婚姻過敏病友會」之類的次級團體，多一點人，抵抗力說不定比較強大。而或者，根本沒幫助，那就自己好好跟這種沒有健保給付的病狀和平相處吧！

11

單身宅度報告書

不管是喜歡窩在家裡的「宅」，習慣自己跟自己對話自己跟自己相處的「宅」，還是毫不在乎別人觀感而自然流露的「宅」，到了一種如魚得水的地步時，那就真的距離兩個人共同生活的婚姻模式越來越遠了。

攝影：呂敏禎

「宅」這個說法還沒出現之前，也許那就叫做「孤僻」。

究竟是「一個人」的獨處狀態造就了「宅」？還是「宅」的環境更易於「一個人」的養成？或者，兩邊各自使力，互相扶持，變成緊緊擁抱無法分離的共生體呢？

「宅」一詞源於日本，原意跟台灣熟知的定義早就南轅北轍，而我對這個字之所以充滿敬意，其實來自日文原本的精神。翻閱「小學館」發行的《大辭泉》與「岩波書店」發行的《廣辭苑》得知，所謂「お宅」（おたく，O-Ta-Ku）指的是對某種興趣某種事物有深度關心，因而對其他知識分野與社交性相對欠缺的人。根據網路維基百科的資料顯示，這個專有名詞最早應該是一九七〇年代在日本成形的次文化團體的總稱，譬如動畫與科幻小說的喜好者，後來也廣泛用在其他領域，特別指那種對某種興趣特別熱中、有深入研究的人，並沒有貶抑詆毀的意思。譬如傑尼斯偶像團體Kinki Kids在例行節目中，經常會詢問參加節目的來賓，認爲自己是哪方面的「お宅」？資深詞曲創作歌手德永英明就承認，他是個「地圖お宅」與「人口お宅」，非常喜歡研究地圖，也熱中追蹤各城市的人口資料，簡直到了隨口就能說出千葉多少人口、福岡多少人口的地步。

這種「宅」的定義非常有趣，某種程度而言也算是固執的專家或研究者。只是後來「宅」與「電腦」掛勾，那些在秋葉原出沒的人都變成迷戀女僕裝的怪怪「宅男」，或「宅男」都變成自閉且愛幻想的怪物，一般人對「宅族」的態度觀感也就不太正面了。

原本應該是向次文化致敬的時代名詞飄洋過海到了台灣，變成「關在家裡」「足不出戶」「孤僻」「怪異」「不合群」，整天「宅」在家裡的「宅男」「宅女」「阿宅」。這些人應該是蓬頭垢面，不喜歡打扮，沒有社交能力，不擅長與人相處，經常放空，與社會脫節的族群，不只怪異，有時候還有危險性。譬如媒體都喜歡把那種襲胸或偷內褲的色狼都變成「宅男」同義字，實在很糟糕。可是因應這些宅男宅女的存在而被過度吹捧的「宅經濟」，竟然變成熱門行銷詞彙與商機，還眞是不可思議。

形容自己「宅」，已經沒有最初那種對某知識分野熱中研究的意涵了，單純變成「不出門」而已。

完蛋了，我又踩進「宅」的洞穴裡，一旦研究起某個現象某個說法的來龍去脈，就像搭雲霄飛車一路往前衝，完全不踩煞車，基本上，我應該也很宅吧！

不如，就拿各種定義的「宅度」來判別「單身」的特質，或者稱之爲「脾氣」吧！

◆喜歡蒐集或研究某種在旁人眼中微不足道，但是對自己而言卻魅力無比的東西，即使不被瞭解認同也無所謂。

◆一想到室友或家人都不在，可以啓動重低音喇叭聽搖滾樂，或任性霸住電視選台器或連看五個小時的DVD，就會興奮莫名，彷彿打了一場光榮的勝仗。

◆因為喜歡王家衛，所以每隔一陣子就要把「阿飛正傳」「重慶森林」「春光乍洩」「東邪西毒」「花樣年華」「2046」拿出來複習，甚至劇中人物對白都滾瓜爛熟琅琅上口。

◆根本不想去市府廣場跨年倒數，也不會擠在人群之中看完煙火再因為擠不上捷運而哇哇叫。只想買一堆零食，另外溫一壺清酒，穿著寬大T恤與運動褲和厚毛襪，躺在自家沙發上面看NHK紅白歌唱大賽，最後跟著唱〈螢之光〉，才發現日本跟台灣有時差，多了一小時因此覺得很開心。

◆得了一種外面下雨就死也不出門的病。就算只是烏雲密布也篤定會有豪雨而窩在家裡一整天。

◆認為看暢銷排行榜的書、聽暢銷排行榜的CD、或看那種超級大賣座的電影，人生就完全遜掉了。

◆對於那些命理專家、星座專家、塔羅牌名嘴的說法，會毫不客氣從嘴角發出不以為然的「呿~憑什麼相信你。」

◆突然收到陌生郵件或MSN訊息或Skype傳來「可以交個朋友嗎？」會連續在內心OS：不可以……不可以……不可以……

◆可以穿睡衣在家拖地、整理抽屜、吃白土司、研究面膜成分、閱讀電器產品說明書，因而覺得生活過得很充實。卻沒辦法擠在百貨公司週年慶的人潮中，卡位搶貨結帳還要等到天荒地老，甚至欠缺耐心去排隊換贈品，覺得那是一種折磨。

◆不會覺得一個人在家過一天很可憐，反而覺得身處熱鬧的聚會才孤獨到死。

◆對於晚間十點過後的來電，除非真的有深厚交情，否則欠缺應對的耐心。

◆覺得發簡訊比講電話還要自在。

◆對於來電表明「沒什麼重要的事情，只是想聊聊」，會有掛電話的衝動，而且有好幾次真的毫不遲疑的掛電話了。

◆關於土司或麵包口味，麵條的粗細軟硬，鮮奶的品牌，果醬的甜度，一旦習慣了，就不輕易更換。

◆偶爾也會想要找一群人來家裡聚餐，但是聚會結束之後，會有鬆一口氣的感覺，立刻恢復成獨處模式，完全沒有切換的障礙。

◆已經交往很久的朋友就會繼續交往下去，不過，告別爛朋友也從來不手軟。

◆就算一個人去KTV唱歌也完全不會覺得可憐。

◆倘若在電影院發現邊看電影邊聊天的情侶，會萌生一種脫鞋子敲他們後腦杓的衝動。

◆對於那些失戀之後不斷哭嚎沒有男人或女人就活不下去的傢伙，會冷冷回一句，那就不要活了啊！

◆看到某些網路轉來轉去的文章訴說一再被劈腿的委屈，會立刻按下「Delete」鍵，因為不想浪費時間被這些無用的呻吟干擾自己的人生。

◆如果避免不了要對第一次見面的人說話，會有嚴重的肩頸痠痛與口舌乾涸跟邏輯跳躍的脫序反應。

◆對於不想參與的邀約，找藉口婉拒的理由已經可以寫成一本操作手冊。

◆搬一張椅子坐在水族箱前面觀察孔雀魚，可以持續半小時，或更久。

◆偶爾會想嘗試大家都在談論的知名餐廳，但是看到外面排隊的人龍就自動低頭走過。

◆對於那些新開幕的熱門品牌，内心會想說，等他們生意差一點再去也無所謂。

◆妄想的能力始終很好，實際去執行則興趣缺缺。但是自己非常熱中的事情則例外。

◆覺得相處起來很安心的朋友，勝過交往起來容易嫉妒猜忌的情人。

◆被告白的剎那間，也許小鹿亂撞幾秒鐘，但隨即推開小鹿，拔腿逃跑。

好囉，可以想到的，大概是這些了。

不管是喜歡窩在家裡的「宅」，習慣自己跟自己對話自己跟自己相處的「宅」，還是毫不在乎別人觀感而自然流露的「宅」，到了一種如魚得水的地步時，那就眞的距離兩個人共同生活的婚姻模式越來越遠了。

最近才從新井一二三的書裡面讀到，一九九六年寫了一本《御宅學入門》，並且在東京大學開了「御宅族文化論」課程的「岡田斗司夫」，堪稱第一位「御宅族」出身的文化人，他主張：「御宅族是精神貴族。當別人盲目地追逐流行的時候，御宅族卻選擇自己喜歡的東西，不怕別人的歧視，貫徹獨立自主的生活路線。」

哇，這說法是不是跟不婚的單身族很類似！雖然大快「宅」心，但是所謂的「阿宅」可以因爲科技或媒體或戲劇吹捧而被注目，不管是更好的印象還是更差的觀感，終究還是被接受成爲某種群體的代名詞，有更多被理解的機會，可是不婚的單身族群卻一直遭到社會排擠鄙視，即使有委屈也不能太大聲，即使快樂也不能太囂張，何況到了二〇〇八年，這位岡田先生在另一本著作《御宅族已死》竟然留下這樣的結論：「御宅族的文化已滅亡，從此你得自己去創造自己的文化。」

好吧，既然單身與「宅」有若干共生體的革命情感，不管「宅」如何定義如何進化，或真的像岡田先生說的，阿宅已經滅亡，那麼，既「宅」又「單身」的人，也要想辦法創造自己的文化才行。

12 不結婚的同事到底干你什麼事

同事不結婚到底干你什麼事，某人不結婚或離婚到底干你什麼事，大家還是喜歡拿幸福人生的偽正義標準來朝著認識或不認識的人亂槍掃射啊！

攝影：流星

我先道歉，90度鞠躬那樣。說眞的，我以前也犯過類似愚蠢的錯誤。

畢業之後開始第一份工作，是一家非常傳統守舊的金融企業，公司員工幾乎都有親戚關係，誰是誰的姑丈，誰又是誰的姨婆的孫子的表哥，或者某某部門某某看起來似乎沒啥作爲只會打混的傢伙，因爲是某股東的姪子，據說以後是某主管接班人，所以最好少惹他。總之是類似這種攀親帶故，親情像蜘蛛網一樣綿密的公司，像我這樣非親非故，只是靠報紙徵人廣告混進來的平民百姓，算少數。

幾百坪的辦公室，沒有隔間，沒有隔板，階級最小的，坐最前面，桌子最小張，而且是兩人共用一個電話分機，以此類推，越往後面，官位越高，桌子越大，甚至有直撥專線電話。部門與部門之間，也許擺一排盆栽，也許用鐵櫃相隔，但只要挺直脊椎拉長脖子，就可以看到其他部門的動靜，感覺，像大型通鋪。

一開始負責帶領我熟悉工作的同事，是一位從高職畢業之後就來公司上班，與我年紀相仿，年資卻整整多了好幾年，個性很像「櫻桃小丸子」同學「美環」那樣的20歲前半卻一整個蒼老心態的女生。

我約莫是透過她那幾年跟同事相處的恩怨來窺探這個公司的人際樹狀圖，這位「美環」同事也毫無心機把許多流言蜚語經過加油添醋重新包裝之後，用她自認爲客觀的說法，慢慢從我的耳朵進行一種如慢性麻醉般的持續灌食。於是，我知道哪個同事已婚有兩個小孩婚姻幸福所以好相處；哪個同事年過三十沒有結婚沒有男友所以易怒孤僻「有點怪怪的」；哪個同事快要三十目前相親中，但是看起來似乎不樂觀所以少惹她；哪個主管風流多情號稱「野狼五百」，跟左前方那個部門助理有緋聞，也跟右後方那個部門課長劈腿過，但是他的兒子據說明年退伍之後就會來公司上班，所以好戲在後頭，千萬不要錯過。

我跟那位「美環」同事因爲是部門最年輕的菜鳥，只能坐在最前排的位子，卻意外享有類似大直豪宅那種面對河岸第一排的絕佳視野，清楚看到某酒店小姐闖過警衛人牆，直接衝向某同事，揪住那人領帶，直嗆要他給個「交代」（這算員工福利嗎？竟然有機會目睹這種八點檔劇情在現代化辦公室上演。而且「交代」這個東西，果然無所不在啊，人人都想要）。

因爲公司人事架構在親戚關係與愛情婚姻外遇錯綜複雜的迴圈裡，每天出門上班就像去錄民視或三立八點檔那樣，何況還是總公司加上分支機構共三百多人共襄盛舉的豪華陣容，根本是NHK大河劇的陣仗。當時自己太年輕，還不知道這類腳本是人生的縮影，只懂得跟那位美環同事瞎起鬨，不知不覺，犯了許多愚蠢的錯誤。

整個公司普遍醞釀一種幸福人生的僞正義判斷模式，凡是已婚的人，有小孩的人，婚姻履歷單純的人，做事讓人放心，容易相處，容易溝通，堪稱模範員工，所以考績較優，升遷也比較快。如果是同事跟同事結婚，那更好，表示夫妻兩人同心要把一生奉獻給公司，出錯的機率少，可以一同奮鬥到老，甚至攜手退休。

如果有離婚紀錄的，或正在劈腿外遇中，除非職位夠高，後台夠硬，否則三兩下就被發配到偏遠辦事處或即使留在總公司也會成爲窗邊族，什麼升遷加薪的機會都甭想。公司會想盡辦法冷落這些人，逼迫他們主動離職，什麼暗黑兵法卑鄙手段，無所不用其極。

至於，那些過了適婚年齡的單身員工有什麼遭遇呢？他或她也許工作能力很強，很有肩膀能夠擔負責任，有領導才能又擅於溝通，但只要偶爾發點脾氣，或偶爾堅持某些決策，甚至，跟其他同事發生小口角，公司耳語部隊就會把「因爲沒有結婚所以個性怪異」的毒針朝著他或她的身上發射。雖然「沒有結婚」「因此脾氣古怪」的有形標籤不會貼在員工識別證上面，卻成爲無形的歧視，同事之間給予的評論總要在最後加上類似的結語，「要是找個人嫁，就不會這麼恰北北了」或是「如果早一點娶老婆，個性就不會這麼孤僻了。」

不知不覺，我也在旁邊搖旗吶喊，成爲幫凶，眞是糟糕。

其實，我不能把自己愚蠢的犯錯都歸罪給那位「美環」同事，那時自己還頂著青春無敵的囂張光環，以爲在適婚年齡結婚有什麼難的，也就囂張加入吹毒針的行列，甚至樂此不疲，簡直把毒針當成元宵節的仙女棒來玩，現在回想起來，眞不應該啊！

那時同部門有一位年近四十歲還單身的前輩，算是美女，裝扮得宜，不是什麼過於俗豔或過於邋遢的女子，只是對於初識的人比較冷淡，甚至對新同事的態度還有點嚴厲，不過相處久了，會發現這位前輩心地很好，很有正義感，會來關心小同事的感冒頭痛有沒有吃藥看醫生，工作上面有沒有受到委屈，如果發現什麼不合理的事情，甚至可以雙手插腰跳出來主持公道，直接發飆把對方罵到臭頭。

可是這位美女姊姊卻是毒箭攻擊的目標，那些怪物級的男性主管每次都愛把「沒有結婚所以個性古怪」當成阻礙她升遷的藉口，某一次，那位坐在角落，桌子最大，官階最高的某某協理甚至不客氣地當著全部門員工的面前，也不知道因為什麼事情遷怒，直接指責這位美女姊姊，說她就是因為一直不結婚變成老姑婆所以才變成這樣。

是怎樣？？？

我離開那家每天都上演八點檔本土劇的老派公司好幾年了，跟那位美女姊姊同事也失去聯絡，但每次想起老怪物主管當面指責她的場景，內心還是很激動，很火大，很後悔當時沒有扛起火箭砲對轟回去。

也許不同產業別，不同人事組織架構，會有不同的公司文化，甚至來到兩性婚姻價值觀有所不同的時代，這種單身歧視或離婚否定論的毒針酷刑也許不存在了，不像那個手機不普遍、網路不普及、文書處理還靠ＰＥ２、報表運算要自己寫Excel程式、而海外書信往來要靠FAX與TELEX的時代那般惡霸無知，工作能力如果可以跟私人感情狀態切割，升遷如果不要拿婚姻美滿與否當標準，很多人的職場人生就不會過得那般吃力了。

即使這麼期許卻還是很困難，那些政治人物或公眾人物倘若始終單身或鬧些緋聞或婚姻不盡如人意，哪一個不是被推出來遊街示眾，尤其有了八卦週刊，有了24小時播出因此隨時飢渴等待餵食的電子媒體，甚至有了臉書部落格YouTube，想要大聲疾呼同事不結婚到底干你什麼事，某人不結婚或離婚到底干你什麼事，類似這種拿火箭筒對轟的嗆聲，還是很難如願，因爲大家還是喜歡拿幸福人生的僞正義標準來朝著認識或不認識的人亂槍掃射啊！

我後來也逐漸吃到苦頭，也被毒針伺候過，因此更加證明，出來混，總有一天要還的，因爲電影《無間道》已經做過示範了。拿毒針來攻擊他人之前，先想一想，有一天，毒針會不會轉向，把自己戳得滿頭包呢？所以，不結婚的同事眞的不干你的事啦！

13 嫁入豪門是怎樣啦～～（丟筆）

為了想要減少二十年奮鬥而加入這場婚姻選秀的人生幸福極限挑戰，想起來，還真是雙腿發軟，也只能繼續吃阿Q桶麵跟御飯糰溫飽就好了。

攝影：劉珮如

以前看過網路流傳一則女人擇偶條件，理想伴侶最好是「家財萬貫」「父母雙亡」「身染重病」。

天啊，這應該是KUSO的玩笑話吧！比較像是出現在日本推理故事的婚姻詐欺，倘若是東野圭吾的小說角色設定還比較合理，要是女人心裡眞的這麼想，這當中究竟有沒有眞愛，或眞的有愛，應該也不是我們這種市井小民可以理解的境界。

其實世間男男女女多少都做過「嫁入豪門」或「娶富家女」的美夢，因爲結婚這層關係的連結，人生從此跟豪宅、名車、珠寶，也就是所謂的上流社會生活沾上邊，不必擔心繳不出房貸車貸，不用縮衣節食只爲了支付月底到期的信用卡帳單，或想買一個名牌包包或單眼相機就要掙扎大半個月，想吃一碗250元的牛肉麵也需要猶豫好久，後來乾脆去超商買阿Q桶麵來解饞。倘若因爲嫁入豪門或娶富家女而讓自己捉襟見肘的人生有逆轉的可能，誰沒肖想過呢！所以才有李察吉爾跟茱莉亞羅勃茲的好萊塢電影「麻雀變鳳凰」讓人那麼迷戀啊！

何況那些名模女藝人或社交名媛時尚動物，每次新聞曝光，誰不是穿著那種簡直會折斷腿骨的高跟鞋、拿著據說「也沒有很貴」卻足夠打死一般上班族半年薪水的昂貴皮包、每個人的假睫毛都厚厚一層像隆美窗簾那樣不透光，然後說她們跟某某企業小開或某某身價上億富豪正在以結婚爲前提交往中，不管那些小開或富豪長得多抱歉，或曾經跟多少緋聞沾上邊，沒關係沒關係，那就是愛。

大家都喜歡看這種新聞，也喜歡七嘴八舌參與討論，更愛看他們舉辦豪門婚宴，在鏡頭前面炫耀手上的婚戒有幾克拉，婚紗要多少錢，喜宴一桌幾萬起跳，或者爲了證明不是「奉子成婚」而拚命揰肚子。當然也有婚禮SNG持續拿新郎新娘喇舌宣誓主權的畫面進行兩天兩夜轟炸，然後王子公主從此過著幸福快樂的生活，這樣。

但豪門應該區分成很多種吧，就像鋁門也有各種不同材質尺寸，所謂「一門還有一門豪」，「豪」的程度各有不同，有低調的，有囂張的，有明明沒有那麼豪卻看起來很豪，或其實很豪卻讓外人「不以爲豪」。當然也有那種老爸白手起家，很節儉很規矩，但兒子除了「啣金湯匙出生」的天賦之外，沒別的才能，從小送去國外讀書，狀似ABC，專長之一是泡夜店，之二是跟女明星女模聯袂鬧緋聞上影劇版，即使老爸很火大，但可以順利娶妻生子，獎賞也都是上億豪宅起跳，父子親情啊，感動！

然後我們這些既沒有辦法嫁入豪門也找不到富家女可以娶的曠男怨女，就只好搬一張板凳看這些豪門婚姻有什麼精彩續集可看，雖然有時候很壞心地看衰他們的婚姻，但偏偏就那麼巧，某些豪門婚姻果眞如眾人期待那樣劃下遺憾的句點，簽樂透都沒這麼準，世間怎麼這麼無情啊！

只要十個豪門之中出現一樁爆走脫序的婚姻，整個豪門界就陷入負面形象危機，另外那九個豪門應該很火大吧！明明我們家裡的婚姻都很美滿啊，娶的嫁的都是平常百姓，如果不是學生時代就開始交往，也是父母長輩促成的良緣，過的是嚴謹謙虛樸實的生活，也不像那些愛炫耀的貴婦天天去喝頂級下午茶，吃松露吃霜降牛肉吃魚子醬跟喝水一樣輕鬆，搞什麼嘛！

其實，豪門不豪門，會不會只是媒體堆砌出來的話題，有豪門才有八卦價值，有豪門配美女俊男才有梗，有豪門才有收視率閱報率，所以豪門也很無辜，但是大家都愛看哀豪門婚姻，因爲「自己得不到的，別人也休想得到」，是這種邏輯吧！

不過，我也眞的見識過那種一心想要嫁入豪門的女生如何按部就班熱身準備，或是從小開始把女兒推向貴婦訓練班的媽媽，至於那些希望娶到富家名媛的男人，應該跟那些希望與富商小開來一場轟轟烈烈愛情的女人一樣，都有公公婆婆丈母娘老丈人這些嚴厲的關卡要克服，一點也不輕鬆。

偶爾去所謂的頂級貴婦超市朝聖，最能感受那種催眠式的氛圍……各國飲料醬料瓶罐亮閃閃，如臉盆那麼大的高價起司堆砌成小山看起來很有幸福感，一盒中村屋咖哩速食包要價二百五，紅酒牛肉速食包號稱熬煮一百小時也要三百元起跳，日本直送小松菜不便宜，那些如同花朵般燦爛的生魚片握壽司更是銷魂。倘若能夠穿著名牌花洋裝，踩著上萬的高跟鞋，從容優雅推著菜籃在其中踱步巡禮，喜歡什麼拿什麼，根本不必像吾等小民還要仔細算計標價，還眞是浪漫豪邁到破表。很多不切實際的幻想在超市的商品貨架之間氾濫成災，那種時刻，根本是嫁入豪門的肖想大黑洞。

說不定豪門生活也不是市井小民想像的那般愜意輕鬆，能夠撐得起場面的基本功夫必然要紮實，不能隨性邋遢也甭想自由糜爛過日子，說不定就眞的像電視劇演的那樣，在家裡也要穿高跟鞋套裝或西裝領帶，沒事就要端茶給公公婆婆，動不動就要兄弟姊妹或大房二房爭一下家產。或者根本沒那回事，只是編劇也跟我們一樣，太愛想像了。

不過，豪門婚姻也是有幸福長久的例子，不要因爲這些案例上不了版面就忽視他們的存在，但我們這些庶民對豪門的想像其實很薄弱，如果沒有那種運氣跟決心，爲了想要減少二十年奮鬥而加入這場婚姻選秀的人生幸福極限挑戰，想起來，還眞是雙腿發軟，也只能繼續吃阿Q桶麵跟御飯糰溫飽就好了，至於嫁入豪門這種高階任務，就留給有恆心有目標有條件的人去完成了。

文章標題用的那個看似股市名嘴老師的憤怒梗，純屬隨性，沒別的意思，至於丟筆，也只是不小心而已。自己沒有嫁入豪門的命，因爲太懶，太邋遢，太自我，太隨性，不可能爲了豪門家族妥協與著想（但豪門也根本不會理會我就是了）。其實也早過了豪門選媳婦的年齡門檻，只能看看別人的八卦而已，那就不打擾各位的美夢，在此告退。稍息後，解散吧！

14

中年沮喪與寂寞危機

那孤獨所蘊含的「自由」成分，其實是很迷人的。可惜多數以「有人愛」「有婚姻伴侶」來定義幸福與否的兩性價值觀，根本不太可能認同孤獨的B面成分。

攝影：杜品萱

最近看到一份報導，某英國人際關係諮商機構針對二千人進行調查發現，年齡在三十五歲到四十四歲之間的受訪者之中，有21%的比率經常感到寂寞孤獨，其壓力來自於工作和感情與人際關係，比率高於其他年齡層。這些人表示，不論是跟同事或家人相處都有問題，甚至有28%認爲辦公室人際關係不佳而想要辭職。這些數據顯示傳統上認爲四十五歲到五十歲才會來臨的中年危機，已經提前到來。

調查同時發現，這個年齡層的父母甚至必須利用「臉書」或靠手機傳簡訊才能跟子女保持連絡。最讓人驚訝的是，超過40%的人認爲另一半對自己不忠，因爲工作時數超長，夫妻爭執、家事分工不均、加上性生活欠佳，是造成雙方關係緊張的主要原因。擔任這項研究顧問的英國蘭卡斯特大學職業心理學教授古柏（Cary Cooper）說：「原本中年危機應該出現在五十多歲男性身上，這些人也許婚姻不太美滿，希望重返青春，因此模仿年輕人的舉止，購買跑車，甚至拋棄髮妻以另結新歡。」

哇，這研究好犀利！沒想到中年的定義已經悄悄下修到三十五歲到四十四歲之間的區塊，好個青春易逝，中年易老啊！但21%的比率至少還在可接受範圍，不是高達七成八成九成那才是讓人腿軟。不過有40%的受訪者懷疑另一半對自己不忠，那可能就是一股強勁的怨念了。

數字與數據雖然有統計或算術的本命，但拿到人生的歲月量尺上面互相對照，殘酷浮現的悲歡輕重，就很耐人尋味了。

如果說二十五歲到三十五歲是結婚市場交易最熱絡的黃金十年，不管已婚未婚或結了婚又重新恢復單身，過了三十五歲也甭想喘口氣，照樣很吃力，因爲寂寞沮喪的十年就跟著來叩門了。

有人說，不結婚而選擇單身過活的人，比較孤單，容易沮喪，但結了婚的人，也未必就能躲過孤單沮喪的襲擊。因爲對婚姻太依賴或疏於培養獨處的能力，當另一方移情別戀或兒女逐漸疏離，孤單沮喪的出手反而來得又狠又準，一拳斃命的機率說不定比較高。

人的一生可以劃分的階段很多，譬如嬰兒期、幼兒期、少年期、青少年期、青年期、壯年期、中年期、老年期，甚至因爲人口高齡化的趨勢，而有了「超老族」的說法。又好比古代人說的，「三十而立，四十而不惑，五十而知天命，六十而耳順，七十而從心所欲」，不過到了這種泡沫經濟或通貨膨脹動不動就來張牙舞爪的年頭，三十根本很虛弱，站都站不穩，四十更加迷惑，五十不是知天命而是根本沒人理，六十不可能耳順而是開始耳背，七十要從心所欲那也要手頭有點錢才行。唉，古人果然是靠不住啊！

每種年齡期的轉折適應可不只是身體還有心態的問題，譬如少年期會有類似骨骼不適的成長痛，接著是靠中藥轉骨配方加持才有辦法「轉大人」的青春期，然後又有那種讓學校老師教官或爸媽長輩很棘手的叛逆期，以及讓人驚覺青春一去不復返的更年期，最後則是到了某種年齡之後，就再也不怕老的認命期。

一開始都期待快點長大，接著又懼怕太快變老；長大是爲了可以早點獨立，變老之後卻害怕孤獨。倘若「孤獨」不是狹隘的「沒人要」，那孤獨所蘊含的「自由」成分，其實是很迷人的。可惜多數以「有人愛」「有婚姻伴侶」來定義幸福與否的兩性價值觀，根本不太可能認同孤獨的B面成分，就好像黑膠唱片時期，A面有主打歌，B面只是拿來充數而已，大部分都是不討好的非主流。

而且，年輕時候的體質應該會散發某種奇妙的費落蒙，很容易呼朋引伴，不管什麼時空情境都可以隨招隨到；跟無趣或討厭的人在一起浪費時間好像也不會有怨氣；熬夜唱歌也行；到荒郊野外搭帳棚露營也可以；才剛回到家就被叫出去唱KTV也沒問題；反正假日就要塡滿，生日一定要狂歡，跨年就要整夜醒著。那種青春閃閃發光的霹靂無敵，也才有純愛電影那般源源不絕的動力，能不能一舉衝向結婚的門檻，就靠這種實力了。

漸漸的，行動力變差了，有邀約的時候會問一下到底誰要來；活動內容有點無聊就完全提不起勁；磁場不對的朋友即使當面決裂也不會感覺可惜；熬夜唱歌可能要花一個禮拜的時間補眠；搭帳棚露營這種事情能閃則閃；只要回到家就不想再換衣服出門；假日窩在沙發才是王道；跨年幹嘛去人擠人……類似這種身心變化，以不知不覺的匍匐夜襲姿態入侵體內，大概三十歲中期就已經有這種心境蒼老的「社交不耐症」，要是沒有走入婚姻，也就提早適應了孤獨寂寞的生活節奏，進而從中吸吮B面汁液，提煉成旁人很難理解的快樂與勇氣，如果再佐以被誤解也無所謂的豁然，那就更強大了。

因爲已經熬過婚姻選秀淘汰賽，那些關於孤獨沮喪的病毒，大抵都輪過一回，有了抵抗力，所以面對三十五歲提早來臨的中年危機，是不是有比較堅強的防禦能力呢？

對工作或人際關係不佳的困擾應該還是有的，但是一個人吃飽全家吃飽，要做什麼決定似乎不是那麼容易牽腸掛肚猶豫不決。因爲沒有兒女，所以也不必煩惱是不是要靠臉書或手機簡訊跟他們溝通；因爲沒有另一半，所以也不用煩惱夫妻爭執或家事分工不均，或是對伴侶是否背叛劈腿不倫而疑神疑鬼，當然也就沒有心理教授說的，要靠拋棄髮妻另結新歡，或拋棄老公找第二春的行動來重返青春了。

所以不管結不結婚都各有處理孤獨沮喪和中年危機的功課，結婚畢竟不是「All in One」的一次解決方案，害怕寂寞而選擇兩人在一起，也未必保證從此不寂寞。婚姻制度不可能靠法律約束誰一定要愛誰，誰一旦不愛誰，解除了法律上的束縛，連家人朋友的關係都不是了。這樣想起來，也許才是中年危機雪上加霜的重重一擊。

不過，很多人還是願意靠忍耐包容來度過這段中年危機，只是越來越多人選擇熟年離婚，甚至是老年離婚，畢竟忍受這麼多年了，孩子長大了，老太太不想繼續煮飯伺候老先生，想恢復單身自由過活，而老先生雖然可以繼續找年齡差距二十歲的對象來一段忘年之愛，但多數就像日本人形容的，退休之後的男人就像大型垃圾，放在家裡很占位子，拿出去丟也很麻煩。一想到人生越往後面越吃力，那麼，勉強在青春叛逆期掙扎的孩子們，還是那21%感覺中年危機與寂寞孤獨的大人們，艱難的挑戰還在後頭呢，人生絕對不是一件容易的事情啊！

到底是一路單身的人比較寂寞？還是走入婚姻的人比較孤獨？想必，也是五五波，平分秋色，各有各的酸甜滋味與中年危機需要克服吧！

15 同學會跟喜宴真是單身者的夢魘

未婚單身的人一旦決定出席喜宴或同學會，起碼要準備刀槍不入的盔甲一套，草擬暗箭飛鏢的路線圖，事先規劃躲藏招數，還要做好強大的心理建設。

攝影：Pei -Chun Chen

年過三十的「同學會」跟「喜宴」，就某種程度來定義，都算是人生的艱苦戰役，類似東京迪士尼樂園鬼屋裡面那個群魔亂舞的幽靈舞會，或像日劇「同窗會」所說的，惟有事業發達婚姻幸福的人，才覺得那是一場開心相聚的盛宴。尤其，當你到了這個時候還沒結婚或已經離婚，那麼這類聚會根本是披著歡樂相聚外皮的集體宰殺秀，而且恐怖的程度還會跟隨年紀逐年遞增，衍生到第二代第三代的婚禮，或十年後、二十年後、三十年後的同學會，一路尾隨。

但人情世故就是個終身馱在背上的膾固醇小姐，除非你有辦法離群索居，接到喜帖可以不包紅包不必出席交際，或接到同學會通知可以很率直表明「大爺我不出席」或「老娘我不參加」，否則，每隔一陣子，就要固定上演這種身心煎熬的恐怖片戲碼。

三十歲之前的喜宴與同學會，若不是比較工作薪水頭銜休假，就是誰開的車比較貴，誰的馬子比較正，誰的男友比較凱，誰跟誰正在以結婚爲前提交往中，誰又訂了一坪四十五萬的豪宅預售屋，或誰已經賺到人生第一個一百萬。

這個階段的同學會，充滿較勁的意味，而同學會跟喜宴呈現交叉重複的機率非常大，某個同學結婚宴客場合，就會促成同學聚會的機緣，漸漸的，帶老婆老公出席的人越來越多，接下來，滿地爬來爬去的小孩也出現了，然後，那些還沒結婚的人，就變成全班攻擊的箭靶。尤其在喜宴上，根本是一場遭到生吞活剝的集體鞭刑，幾乎所有已婚的人，不管他們自己的婚姻幸不幸福，都可以把這一小撮沒結婚不想結婚或結不了婚的同學團團圍住，開始針對未婚的痛處用力鞭打，就算不出聲，那眼神也會射出毒針，即使是微笑，彷彿很懂你的樣子，看起來也很嚇人。結婚與否變成人生圓滿的指標，在這個時期，特別明顯。

然後你身邊的那些已婚又當了媽當了爸的同學們都開始討論幼稚園究竟要選雙語還是什麼蒙特梭利或是全美語教學，要不然就是互相炫耀誰訂閱的教材比較貴，誰又去做了皮脂紋鑑定，看看自己的小孩是不是天才。再過幾年，他們就開始討論英文要去哪裡補習，劉毅比較好，還是高國華比較讚。因爲你根本沒辦法參與，於是很雞婆的問了八卦喇舌事件，他們會不約而同轉頭教訓你說，嚴肅一點好不好。

接下來他們的小孩可能都上大學了，開始交男女朋友，然後你又成爲第二輪鎖定的攻擊目標，以前在學校宿舍睡在上鋪的室友一邊剔牙一邊問你，「我兒子都要結婚了，你到底有什麼打算？」

萬箭穿心啊！但是這位同學，干你屁事！

最讓人不齒的還有這種案例：傳聞背著老婆跟辦公室女同事有染的某男同學，竟也擺出婚姻教主的臭屁架式，像老爺訓斥婢女那樣，叫妳眼光不要太高，只要不是太爛的男人就快點嫁，女人不結婚是不行的，越老越嫁不出去，我們這些同學也很著急，沒有面子啊～～（但這位同學你是著急個屁啊，自己的婚姻都千瘡百孔，什麼叫做不是太爛的男人就快點嫁）～～不過同學一場，妳也只能表情僵硬，笑容虛偽，隱忍著不把桌上的飲料淋在這位男同學的頭上，雖然內心十分渴望這樣做。

也有可能是幾位女同學聚在一起，小聲談論某某男同學一直不結婚說不定是同性戀，或當初跟誰是班對後來分開可能是打擊太深所以終身不娶。要不然就是大聲討論某某人始終不出席同學聚會一定有什麼問題，反正那人也不在場，公開討論實在好開心啊！

所以，同學會與喜宴眞是已婚者的盛宴，未婚者的夢魘。

反正，未婚單身的人一旦決定出席喜宴或同學會，起碼要準備刀槍不入的盔甲一套，草擬暗箭飛鏢的路線圖，事先規劃躲藏招數，還要做好強大的心理建設，不管是同學眞心關切還是虛情假意，都要保持微笑，不動怒，不反駁，既然交錢或包了紅包，起碼吃一頓粗飽，要不然，就眞的虧很大，還不如不要出席。

反正同學那麼久，誰的底細誰不清楚，要虧要剮，無所謂啦，要不然怎麼有一首老歌這麼唱，「友情，人人都需要友情，不能孤獨走上人生旅程」啊！何況幾年過後，到了四十歲，五十歲，那些原本在前十年口頭修理過你或妳的同學，有人離婚啦，有人的另一半外遇啦，有人自己劈腿啦，他們或許會滿懷感慨，頭頂罩著烏雲，默默端著酒杯，靜靜走到角落，若有所思，或有感而發，突然把手搭在你肩膀上，用那種日劇主角才有的哀傷口吻說，還是一個人好。

你心裡突然也跟著秋風落葉惆悵起來，唉，早知這樣，前幾年幹嘛把我修理得那麼慘。然而同班同學的友情就是這麼微妙的東西，雖然報仇的時機來了，但是有些狠話，還眞的說不出口，何況這傢伙當年在學校還罩過你，雖然想不起來究竟是微積分期中考還是統計學期末考，反正對方已經這麼慘了，那就手下留情吧！

如果只是被同輩修理，那也就算了，最怕那種家族之間的喜宴，阿伯娶媳婦啦，姑姑嫁女兒啦，好像就沒辦法那麼隨心所欲決定要不要參加，只要父母一聲令下，臭臉也得去。女人大約三十歲之前，男人勉強延伸到四十歲，一旦出現在這種場合，立刻變成親朋好友之間炙手可熱的相親作媒口袋名單，從第一道冷盤到中場的雞湯直到最後的水果甜點，先發九局，完全沒有被換下來的意思。有時候勉爲其難撒謊說，有交往中的男友女友啦，這些親戚長輩就會開始放煙火，基本台詞如下：下一攤就是吃你的喜酒啦，哈哈哈哈哈～

等到女生過了三十歲，男生過了四十歲，還有膽量來參加這種親戚之間的喜宴，那就眞的是神風特攻隊等級的自殺式攻擊了。你大概連魚翅羹或紅蟳米糕還是佛跳牆都食不知味，尤其新郎新娘敬酒的時候，少不了被同桌的那些很熟或很生疏或根本沒見過卻瞎起鬨的一干人等揪出來，「這個人還沒結婚啦，大家一起幫幫忙」那個當下，果然一小杯紹興是不夠的，來人啊，給我一桶～～江蕙姊姊不是說，「酒若落喉，痛入心肝」嘛，這時候還能開心乾杯，那必然抵達另一種境界了。

然而悲傷的是，單身不婚的人，就好像一直在繳會錢卻等不到收會錢的會腳，包出去的紅包就像越過全壘打牆的球，一直飛一直飛，猶如緯來主播徐展元說的，像「脫韁的野馬，斷了線的風箏，變心的女朋友」一樣，回不來了。更慘的是，某同學結第一次婚要包紅包，第二次結婚也要包，都已經翻臉警告過了，第三次還來，到底是怎樣啦～～

有時候想想，同樣是花錢，還不如花個一千兩千去吃五星級自助餐，好過三四千起跳的喜宴紅包還要吃得提心吊膽萬箭穿心，雖然也很想給結婚的新人祝福，可是自己處境那般艱辛，根本是一腳踩進老虎柵欄的小白兔，進退兩難啊！

不過剛剛已經說過了，人情世故就是身上甩也甩不掉的膽固醇小姐啊，套一句自我解嘲的名言，「這就是人生」～～（茶）

16

因為單身而被斥責 好像也回不了嘴

攝影：林峻德

既然有些抱歉，那就快樂過日子，
不要讓其他人操心，這樣才對吧！

單身有很多原因，不想結婚，很想結婚卻找不到人結婚，以及結婚之後又離婚於是重回單身。

一旦被問起單身的原因，除非是交情很深、交往很久、深知自己脾氣的那些人，否則還眞的難以說出口。但這種交情的朋友也就無須多言，因爲共同經歷過很多事情，開心的，難過的，美好的，或幼稚的糗事，即使被揶損幾句，或是用狠毒的字眼互相挖苦，也能心領神會，不會放在內心成爲疙瘩。

可是要面對初識的人，或對那種這輩子僅僅一次對話、往後根本不可能有所交集的人解釋自己單身的狀況或原因，我不曉得別人有沒有類似的障礙，或根本不成問題，仍舊可以充滿耐心訴說來龍去脈，就算一輩子僅僅一次交談也能掏心掏肺侃侃而談，但我自己覺得好難，也很懶惰，十分棘手。面對陌生或交情淡薄的人，如何交代自己目前單身的狀況，想到就覺得頭皮很癢。

有時候因爲懶得解釋，就自己拿刀往身上砍，「沒辦法，就是沒人要啊！」「對啦，就是找不到對象啊！」以這種自我解嘲的投降姿態希望話題終止，只是，這種投降式的應對，往往適得其反，倘若面對長輩，他們就會開始責備你，不應該這麼自私，要幫父母想一想，眼光不要放在頭頂，說著說著，開始離題大爆走，說起誰誰誰就是沒結婚到晚年好慘；或誰誰誰因爲挑來挑去所以最後草草結婚還被老公或老婆或對方長輩折磨得很辛苦；或者誰誰誰就是年輕太放蕩，等到老了才吃到苦頭，後悔來不及等等。

這種時候，完全是挨打的分，根本沒有回話的餘地，如果不想對號入座，也只好發呆放空，甚至好希望有「哆啦A夢」的任意門，推開門，離開那個情境，但人世間沒有這種漫畫式的神奇，也只能忍耐了。

不只是親戚關係上面的長輩，甚至有某家公司新人面試的場合，對方是初次見面的人事單位經理，看到你的履歷資料寫著未婚單身，通常也會皺眉頭，說這樣的員工好像比較隨性，沒有責任感，很難託付事情，爲什麼不結婚呢？沒對象嗎？拖到這種時候，父母不著急嗎？

因爲是面試，很想得到這份工作，除了微笑之外，只好識相地說，自己也很努力找對象啊，但完全不會影響到工作，請千萬相信！（不過內心好想罵一聲幹～）

或者遇到年齡差距不太大的已婚同輩，其實也很難跟他們吐苦水，他們會說，比起結婚之後要面對的問題，只是因爲還沒結婚或結不了婚被唸一下根本不算什麼。你都不知道去公婆家裡吃飯很緊張，飯前到底要不要幫忙切菜洗菜，飯後到底要不要手刀衝去洗碗；只要婆婆還在收拾，妳就別想坐在沙發上面吃水果；或者公公婆婆小姑小叔吃完飯都拍拍屁股去看「夜市人生」了，剩下妳一個人留在廚房洗一堆碗盤筷子湯匙，還要刷油膩膩的鍋；然後婆婆會說廚房地板濕答答的，到底是怎麼回事；而妳的老公竟然躺在沙發上面呼呼大睡，那時眞想丟一把水果刀直接刺在那個死鬼的眉心才有辦法紓解內心的怨恨。

當然也有那種很哀怨的老公向你抱怨，說他每天工作累得要死，晚上要坐檯應酬當酒家男討好上司和客戶，回家還要被老婆抱怨都不幫忙家事；好吧那就幫忙洗碗還被嫌洗不乾淨；還有衣服幹嘛要摺反正要穿的時候還不是得攤開；假日爲什麼不能躺在沙發上面看一整天的HBO，非要去百貨公司週年慶搶滿額禮；但老婆說你可不可以不要什麼事情都說要配合你爸你媽，因爲我也有我爸我媽……

一講到這些，那個你略有交情的他人老公繼續掃射，說你這單身且自由得要死的傢伙就算被人唸一下又不會怎樣，比起我們這種已婚男人要顧慮兩個家庭四個爸媽和兩倍膨脹的親朋好友，甚至薪水大部分都拿去養小孩而不能買自己喜歡的重型機車，我們都哭不出來了，你這沒結婚卻過得那麼開心的傢伙，偶爾被罵一罵是不是該忍耐喔！

接著是那種結婚多年一直沒生小孩，卻被雙方父母逼迫去檢查去求神問卜去做試管嬰兒去打痛苦的排卵針卻一再失敗的夫妻說，沒有經歷過不孕的痛苦，不要在那邊說什麼被逼婚有多可怕，而挺過被逼婚的熱區有什麼了不起。

對啊，罵得好，斥責得對。就因爲我們這些膽小又自私又貪戀單身的自由，因此沒有勇氣結婚或找不到另一個人相伴的傢伙，對人類社會沒有貢獻，對傳宗接代沒有幫助，一輩子都這麼幼稚，實在很抱歉啊！所以偶爾被唸一唸眞的不算什麼，比起結婚之後必須把自己的想法縮小，必須爲兩個家族著想的煩惱比起來，眞的過得太隨意了。

這讓我想起日本文學作家太宰治在《人間失格》說過的感慨之辭，「這樣被生下來，眞的很抱歉。」這話語之中的含意倘若不是經歷一些事情，有些年紀之後，還眞的難以體會。不管是單身、已婚、失婚，或因爲婚姻不盡如人意，以及各種因爲婚姻衍生的煩惱痛苦，各種處境各種樣態必然有其中的快樂幸福和難以說與他人理解的委屈和苦衷，這樣被生下來，活成這樣子，倘若還要來比較誰比較辛苦誰比較可憐，那也未免太吃力了。不如這麼決定，既然被生下來，既然有些抱歉，那就快樂過日子，不要讓其他人操心，這樣才對吧！

比較起來，單身偶爾被唸一唸，眞的沒必要回嘴啦，清楚知道自己過得如何，懂得怎樣對自己好，對關心的人只要微笑應對，那也就不要感覺抱歉了。

17 親愛的，請以「不結婚為前提」和我交往吧！

攝影：許婉鈺

明明一開始就約定好的啊，
只是相愛相處的時間一旦拉長，
感情越濃，即使不以結婚為前提而能持續在一起，
還是不斷遇到撞牆期。

如果一個人很早就清楚自己不適合婚姻，卻又希望維持在戀愛狀態，難度應該很高，到底怎樣才能辦到呢？莫非每次都要用這句日劇慣用的台詞，「親愛的，請以『不結婚爲前提』和我交往吧！」是這樣嗎？

畢竟戀愛跟婚姻的成分是不同的，倘若戀愛其中一方並不想以結婚收尾，想法不同的另一方也就只好選擇離開，要不然就叫做「蹉跎青春」、「繼續下去也不會有結果」，因爲普遍的傳統觀念，「婚姻」就是愛情最後應該結出來的「果」。

那麼，用數學算式來演練一下，會不會是這樣：

（愛情＋相處＋責任）×歲月＝婚姻

一開始是彼此喜歡，粗俗一點的講法就是「看對眼」。接下來因爲價値觀、興趣、個性等因素，有辦法相處、和諧融洽、互補體諒，或是被愛情沖昏頭或被愛情蒙蔽，所謂的「鬼遮眼」。反正，不管是快速的「天雷勾動地火」還是默默的「從普通朋友進階到戀人模式」，最後總要進展到雙方都肯爲自己的愛情負責（或是爲不小心製造出來的小孩負責），有決心和對方共同度過下半輩子，能夠坦然接受如下的公式：「結婚一年，老婆是情人；結婚三年，老婆是親人；結婚五年，老婆是植物；結婚十年，老婆是家具」（換成老公亦同），這些要件加起來，經歷歲月考驗，老來能夠互相提醒「初一十五吃素」，那才是走入婚姻的完美方程式，缺了任何一項，都很虛弱，求不出答案。

當然也有那種「因不瞭解而相愛，因瞭解而分開」的冷靜分手模式，或是一方想走人，一方不肯鬆手，最後演變成火爆砍殺的激情社會案件，何況婚姻當中還有那深奧微妙、違反人體工學的法律問題，那就先擱開不談了。

「以不結婚爲前提」和喜歡的人交往，這種台詞，有沒有可能說出口？有沒有可能在交往初期就先取得共識？會不會一開始兩方都逞強愛面子，都認爲這樣交往方式應該不錯，很輕鬆，沒負擔，恰好能夠火力全開，也不用顧忌結婚與否或雙方家庭條件等等惱人的周邊問題。但是「不以結婚爲前提」，那就表示隨時可以中途離席，基於愛情自由的權利，只要沒有婚姻這層法律關係，誰都可以跟誰說再見，但話說回來，雖然有法律保障，照樣可以說再見啦！

相愛久了，必然有嫉妒的成分摻雜進來，或說那不是嫉妒，而是在意和關心也行。倘若兩人之間沒有婚姻關係束縛，沒有法律保障，被冷落的一方想必會有危機感，一旦嫉妒跟危機感出現，就很難保持冷靜理智，即使一開始講好不以結婚爲前提交往，這時候總覺得以結婚收尾才能爭取到「保障」，至於要保障什麼？保障這幾年以來的青春蹉跎，補償這幾年以來投注的感情嗎？即使當事人能夠瀟灑揮手說再見，雙方父母這時候總會跳出來要求誰應該給誰一個「交代」，畢竟在多數長輩眼中，不以結婚爲前提的交往，總給人「不負責任」的印象，若以數學等式來表現，說不定是這樣：

不以結婚前提交往＝不負責任＝花心＝吊兒郎當＝遊戲人間＝危險勿近

看起來，好悲傷啊！對人類向來以結婚與否作爲衡量幸福的標準看來，這種愛情態度應該很難被接受吧！但明明一開始就約定好的啊，只是相愛相處的時間一旦拉長，感情越濃，即使不以結婚爲前提而能持續在一起，還是不斷遇到撞牆期，除非兩人都很堅定，除非各自都能說服雙方父母，也都有那種即使後來分開了，也不要有誰虧欠誰的想法，但人生與愛情都一樣，總無法這般率性，畢竟不是兩個人的事情而已。

希望一直貫徹自己的想法，除非對方也這麼堅持，雙方家長也沒什麼意見，否則就會一直面臨愛情無法持久，戀人來來去去的難關。你或妳的前女友前男友就像生命列車行進中，不斷往後退的風景，他們各自找到他們認爲安定的婚姻關係，寄給你喜帖，或即使不給你喜帖，也會從共同認識的朋友那裡聽聞他們的喜訊，然後發現他們的孩子已經上小學了，或他們結婚之後又離婚，某個深夜突然打電話來，說他或她最愛的還是妳或你。

即使決定不婚，但也未必能夠持續戀愛，男人也許容易些，二十幾歲可以找同齡的對象，三十歲或四十歲，甚至到了五十歲還是可以找二十幾歲的妹妹，人們會說那是超越年齡的眞愛，或即使被說老牛吃嫩草，好像也是羨慕或讚美的成分居多，有那種九局下大逆轉的快感。尤其近來年輕男孩多的是被動消極的草食系，而這些大叔級的肉食男突然變成正妹的最愛，不以結婚爲前提交往的對象好像不是那麼困難，只要挺得住那種不斷被「對手說再見」的惆悵就好。

但女人可就難了。二十幾歲的時候可以找同齡的對象來一場「不以結婚爲前提」的交往，到了三十幾歲也還勉強可以，過了四十歲倘若還找二十或三十代的小朋友，約莫什麼「熟女吃嫩男」的狠毒字眼就像颱風天水庫洩洪那樣的氣勢直接打過來，到了中年還想談戀愛那就只能去公園找那些悠閒做著甩手功的阿伯，而且競爭對手有可能是小自己十歲二十歲的青春正妹，何況還要顧忌世俗的眼光，能夠貫徹一輩子戀愛，大概也被扣上豪放女的大帽子了。

也許要等到男女雙方都經歷過失敗的婚姻，才有可能來一場盡興的「純交往」，但仔細想想也未必，如我一些熟識的朋友，他們倒是很希望在親朋好友未發現的短期間內快點再婚，有那種一局被打爆，立刻在下一局還以顏色的氣魄。

說不定一百年以後，婚姻再也沒辦法受到法律保障了，婚姻可能不是愛情的最終解決方案，非婚生子女越來越多，爸爸不必永遠愛著媽媽，媽媽也可以另外有情人，不以結婚爲前提的交往可能成爲主流，愛情自主權超越婚姻束縛，關於愛情與婚姻的數學公式將重來。婚姻和愛情可能是男女、女女、男男的組合，任何人都不必在意旁人的眼光，任何人也都沒有權利干預他人的伴侶關係，這樣，會不會比較好呢？或者，不用等到一百年，但也有可能在那天來臨之前，地球早就滅亡了也說不定啊！

18

初老跡象

要自己接受老的事實，其實是很殘酷的，但「老」的來勢洶洶，就算擦再貴的保養品，去拉皮去整形去打玻尿酸肉毒桿菌，還是抵擋不了一天一天老去的事實。

攝影：流星

發現「初老」這個詞，是在前日本職棒養樂多隊教練「古田敦也」的部落格，一篇名爲「託大家的福，迎接初老來臨！」

初老這個詞，眞是有趣，但也有很多感觸。年齡就是這麼一回事，二十歲生日的時候，覺得自己老了；三十歲生日的時候，也覺得自己老了；四十歲生日的時候，當然就更老了。所以三十歲的人，回頭看那些二十歲的人喊什麼青春不再，不免嘀咕，靠夭啥啦；而四十歲的人，看到那些鬼叫啥三十宣言的，也會在心裡幹譙，三十歲是有啥好哀怨的！

要自己接受老的事實，其實是很殘酷的，但「老」的來勢洶洶，就算擦再貴的保養品，去拉皮去整形去打玻尿酸肉毒桿菌，還是抵擋不了一天一天老去的事實，所以變老也應該有類似「轉大人」「轉骨」那樣的適應期才對吧！

不知不覺，初老的跡象一天一天滲透，外表，心態，生理，心理的，就好像古田敦也在部落格文章裡面寫到，十五年前看「東京愛情故事」的織田裕二，爲何過了十五年了，還是一樣年輕？好懷念啊，眞希望自己也一樣。

初老，其實是有跡可循的，譬如……

01 身旁陸續出現一堆人喊你「××哥」「××姐」，但其實很想叫他們閉嘴。

02 發現同事的年齡與自己的距離從五歲，擴大到十歲、十五歲……

03 開始懷疑比自己年齡大的人，是不是都跑到外星球去了。

04 以前可以唱KTV到天亮，現在只要熬夜一天，就會累一個禮拜。

05 只要坐下來，小腹就有一攤肉。

06 開始注意維骨力和維他命E的行情。

07 躺在沙發看八點檔連續劇會熟睡三十分鐘以上。

08 覺得五分埔與路邊攤的T恤都是給紙片人穿的。

09 以前煩惱青春痘，現在煩惱小細紋。

10 除非參加清早晨運的甩手功或廟會朝山活動，否則很難找到比自己年齡大的聚會。

11 對於陌生網友「我們可以交朋友嗎？」的說法，覺得無比愚蠢而沒有耐心。

12 認識新朋友的速度與機率逐漸鈍化。

13 對於沒有結論的冗長會議充滿厭惡。

14 越來越覺得專家說法都是唬爛。

15 已經放棄「All You Can Eet」這種吃到飽的把戲了。

16 如果一天沒有吃綠色蔬菜就會覺得身體怪怪的。

17 莫名其妙就會一大早醒過來。

18 逐漸沒有耐心替爛朋友收爛攤子。

19 越來越不喜歡改變「已經習慣的習慣」。

20 很討厭在外面過夜，因爲要帶好多東西。

21 不知不覺，隨身攜帶溫水壺和牙線棒。

22 懶得交新朋友的原因，是因爲懶得從頭交代自己的人生。

23 越久以前發生的事情越是記得，越近的事情反而容易忘記。

24 總是把「重要的東西」放在「重要的地方」，然後把那個「重要的地方」徹底忘記。

25 覺得自己快要被一堆密碼和一堆遙控器淹沒了。

26 每次看到某某歌手某某影星過世的消息，就要感嘆一次，我們的時代過去了。

27 60頻道以後的電影台播放的舊電影，會忍不住一口氣看完。

28 說你看過「東京愛情故事」，知道「完治」與「莉香」，周遭一片譁然。

29 朋友們離婚的（數量／年度）開始超越結婚的（數量／年度）。

30 對於星座、運勢、紫微斗數、塔羅牌、兩性專家與勵志書，已經沒有感覺了。

31 對於磁場不對的人，可以毫無牽掛的跟他說再見、再見、再見……。

32 參加告別式的機率比婚禮多，包白包的機會比包紅包的機會多。

33 再也不覺得年輕辣妹或帥哥是一種天上掉下來的幸福。

34 以前糟蹋身體，現在被身體糟蹋。

35 開始注意醫藥新聞，譬如銀杏是不是可以預防老年痴呆。

36 對於年輕朋友不讓座這件事情非常介意。

37 對於手機鈴聲開始感覺不耐煩。

38 逛超市買東西，會注意成分與製造商和賞味期限。

39 對超商的集點活動完全沒興趣。

40 對路邊的NuSkin問卷部隊非常有意見。

41 對詐騙集團開始產生周旋的戰鬥力。

42 逐漸喜歡到傳統市場買菜。

43 最討厭聽到「如果你不怎樣，就不能怎樣」這種威脅。

44 再也不相信政治人物「替鄉親服務」這種屁話。

45 對於百貨公司週年慶已經沒什麼衝刺的慾望了。

46 報紙影劇版報導的明星大部分都不認識。

47 KTV熱門點播排行榜的歌曲完全不會唱。

48 當紅的偶像歌手大部分都不認識。

49 對於RAP一點好感都沒有。

50 枕頭旁邊，電腦鍵盤旁邊，出現一堆萬金油、白花油、綠油精等提神藥方。

51 看到火星文會火冒三丈。

52 看到「某某某，安安」的網路問候語會抓狂。

53 讀到「偶棉」兩字，會想要賞對方兩巴掌。

54 聽到SNG連線記者說「××正在進行一個○○的動作」會渾身不舒服。

55 經常因爲一個廣告、一段台詞、一個畫面就感動到狂哭。

56 買手機的原則只有一個，就是「字・體・一・定・要・大」。

57 驚覺產品說明書爲何越看越不清楚。

58 聽到新聞報導一位「三十歲婦人」在捷運手扶梯摔倒，對於「婦人」一詞非常有意見。

以上這些判別「初老跡象」的標準，應該隨著年齡增加而倍數成長吧！如果大部分都符合，那就恭喜了，不久之後，應該可以奪下「家有一老，如有一寶」的衛冕者寶座吧！

19 和孤單一起變老吧！

意識到孤單與變老尾隨而來的明確路口到底在哪裡？可能是一條年齡的界線，也可能是心態的某個轉角。

攝影：流星

孤單與變老，就像手牽手一起走在某個黃昏暮色的連體嬰或雙胞胎，一路尾隨而來，安安靜靜，不動聲色。當我站在某個路口信號燈前方，以爲青春仍未褪色，前方有如夏日花火祭典那般的邂逅在等待著，沒想到猛一回頭，發現這對連體嬰或雙胞胎已經站在身後一段時間了，距離不太遠，只要用力一撲，就能上身。他們的神情看起來一點都不哀傷，早就準備妥當的容顏，那樣的自信好像訴說著，不管你願不願意，他們已經打算要跟著你下半輩子了。那個路口的情境氛圍，眞像大茂黑瓜廣告，提醒你，「老ㄟ，明阿在呷菜喔！」

那個意識到孤單與變老尾隨而來的明確路口到底在哪裡？可能是一條年齡的界線，也可能是心態的某個轉角。路口之前，很害怕獨處，尤其是下班之後，或是假日，也有可能是看電影，吃飯，逛街，旅行……倘若這種時候還一個人，會覺得自己很可憐。也恰好那個階段向來不缺呼朋引伴的動機，因爲大家都怕獨處，只要能夠互相依偎取暖，即使進行愚蠢白痴浪費時間的事情，好像也無所謂。排隊去吃很熱門的餐廳，結伴去看很熱門的電影，唱那種一進去就暗無天日直到天荒地老甚至倒嗓的馬拉松KTV，或有時候約了一堆人在鬧區閒晃，沒有目的地，只要有人陪著或陪著別人，這樣就很安心。

可是這群朋友陸續因爲結婚生子，就會進入另一種人生模式，他們要花更多時間去處理兩邊的原生家庭和多出來的家人，所以類似那種愚蠢白痴浪費時間的邀約，也就變成難題。漸漸的，不管你願不願意，那個跟孤單與變老邂逅的路口來了，下班之後，只能一個人走進夜色，一個人去鄰近的書店翻書，一個人去看電影，一個人去擁擠的百貨公司週年慶，甚至，連KTV都過門不入。
逐漸意識到人生風景有所不同，但心態仍舊期待熱鬧的聚會，隨時被找到，或隨時可以找到人。有一段時間，很厭惡假日，覺得自己要處理那些空白，非常吃力。
那時還是朝九晚五的上班族，除了工作之外，對生活其實沒有太多安排與想法，日子除了領薪水花錢聚會買衣服之外，沒什麼值得期待的。遇到假日倘若沒有安排活動，也只能無所事事，不小心午睡過久，醒來發現天色已暗，倘若又是寒冷的冬日，那種從腳底逐漸冷到胸口的空虛感，簡直凍到骨子裡。
那樣的空虛感像啃噬熱情的蛆，越是獨處，越覺焦躁，很想伸出雙手在空中胡亂抓住什麼，否則就會沉到海底，類似那樣的感覺。
而今回想起來，像那樣跌入歲月的海洋，載浮載沉，偶爾將腦袋探出海面，但隨即又滅頂的日子到底過了多久？不曉得有沒有類似醫學或精神臨床上的研究，倘若青春光澤如骨質那樣漸漸流失，孤單與變老的狀態來臨之前，應該補充什麼？服用什麼？強化什麼？或者，完全不必多慮，日子到了，過了身心靈適應的門檻，就像中繼投手在牛棚熱身，從短距離傳球，到拉長球，從五分力到八分力，到全力飆球速，反正身體熱開了，動作也就協調了，不容易受傷，無論任何球種，都能應付。

我並沒有在父母長輩朋友期待之下，或因爲害怕自己孤單或變老而選擇走進婚姻關係之中，那狀態就如同一個人拿起手套，走向牛棚，按照自己身體呼應的節奏，開始熱身，開始決定人生下半場中繼救援的時機，甚至連球種與配速，都盤算好了。

當我離開原本打算做到退休的行業，離開人聲喧鬧的職場，啓動一人工作模式時，原本在無法泊岸……看不見陸地的海洋……拚命掙扎呼救甚至覺得自己一定會淹死的刹那間，身體逐漸放鬆，仰躺在水面上，於是看到淺藍色的天空，入夜之後有燦爛的星子，耳邊傳來規律的海浪聲，終於意識到自己與自己相處的幸福感，根本掌握在自己手裡。

彷彿我站在那個回頭發現孤單與變老手牽手在身後一步之遙的路口，思考了一會兒，終於決定張開手臂，用彼此才聽得到的音量說，「來，跳到我身上吧！」然後我們就這樣勾肩搭背，走過那個路口，還唱起歌來。往後就算孤單的老去，也沒什麼好怕的了，因爲眼前的風景，已經跟背後的人生有所不同了。

從此以後，一個人去看電影，一個人去無印良品，一個人去手創館，一個人逛超市，一個人去「紀伊國屋」甚至後來也愛上「淳久堂」。煮一人份的咖哩飯，吃一人份的小火鍋。一個人戴著MP3耳機去快走跑步。一個人從寧夏夜市走到永樂市場，然後沿著迪化街買中藥材與南北乾貨，最後去了保安宮看野台戲。一個人去異國旅行，一個人拿護照過海關，一個人搭成田特急，一個人從日本橋走到銀座，再從新橋搭車到御茶水。一個人去便利店買啤酒跟燒肉串，一個人在旅館單人房看深夜新聞。一個人發現霧面玻璃窗出現雪花的蹤跡，立刻穿上大衣趴在窗台跟窗外的雪景揮手。一個人搭中央線去三鷹散步，找那條太宰治自盡的玉川上水，在路邊的自動販賣機投幣買一罐溫熱的BOSS咖啡，跟早逝的無賴派作家乾杯，然後走到井之頭公園看早春的櫻花。

幾乎是那樣的節奏，慢慢適應自己的孤單與變老。好像穿一件以前從未嘗試過的洋裝，一開始盡是彆扭，後來發現剪裁適切，布料舒適，領口袖口的寬度都恰到好處，花色也越看越順眼，就那樣穿一輩子好像也沒問題。反正已經不必在意時尚潮流或別人眼中的自己究竟如何，怎樣的坐姿，不可以蹺腳，或不能張嘴大笑。唯一缺點，就是在人多的地方，集體的活動，或一人以上的旅行和大型聚餐，反而覺得擁擠，容易孤獨，想要立刻奪門而出，重新把自己喜歡的洋裝穿上，一併把孤單和變老這兩個朋友抓過來一起在路上狂奔。

於是，再也不會覺得把獨處的空白填滿是一件吃力的事情，總覺得一個人想去完成的壯遊已經寫滿記事本，即使是冬日午睡，醒來的剎那已經天黑，亦不覺得淒涼，內心只想著，晚上來吃泡菜鍋好呢，還是煮麻油雞！

如此任性究竟好不好？總要有點焦慮才夠誠意吧，否則，老天爺豈不是白費心機？但是可以自在變老，還要和孤單共處，除了自我訓練之外，好像也沒有別的方法了。

於是想起日本作家奥田英朗說的，青春離開了，人生才要開始。

20 London Hearts之熟女45才開始

女人啊，就算超過四十五歲，也不用在意別人的眼光，穿上自己喜歡的衣服，出去約會吧，出去玩耍吧！

攝影：Diana Li

我很喜歡日本London Hearts這個節目，台灣譯爲「男女糾察隊」也不曉得有何典故，搞得很像徵信公司的抓姦部隊一樣。但是身爲這個節目的忠實收視率基本盤，還眞的要說，這個節目只適合身心狀態成熟的大人收看，因爲London Hearts已經連續好幾年被日本某機構評選爲最不適合小孩觀賞的爛節目，雖然是爛節目，台灣綜藝圈卻卯起來抄襲，還眞是不聽專家規勸啊！

節目之所以稱之爲London Hearts，應該是主持人「田村淳」與「田村亮」的組合爲「London Boots」（倫敦靴子）有關，名字看起來好像是兄弟，但這兩個人一點血緣關係都沒有。小淳的賤嘴功力深得我心，保持沉默的小亮偶爾吐槽一下也很夠味，而且我超同情一直在節目中被惡整的狩野英孝，眞想招待他來台灣巡迴演出，同時保證絕對不會挖洞讓他摔下去的。

前陣子London Hearts有個特別企畫，找來三位公開言明非常迷戀熟女的男藝人，由主持人小淳帶領他們到銀座街頭與熟女俱樂部進行抽樣調查，甚至安排熟女演員代表、熟女大物演歌手來當這個單元的特別來賓，請熟女們從三人之中選擇約會對象，得到青睞的人，還可以在鏡頭前面跟熟女撒嬌。

這種企畫其實很難執行，如果拿捏不好，很容易變成嘲諷或輕蔑，甚至被批評爲物化女性的低級節目，光是這種細膩度的掌握就需要反覆開會討論，不管是康熙來了，或是沈玉琳或吳宗憲的節目都做不來，雖然這幾個節目經常拷貝London Hearts的企畫，但拷貝得非常「靠北」就是了。

小淳果眞不是靠賤嘴就能在競爭激烈的演藝圈闖蕩，其實他主持這集節目把自己的角色與光芒盡量縮小，把熟女的魅力與柔軟烘托陪襯得恰到好處。

節目進行中，小淳問到三位男藝人，熟女的年齡定義是多少？三個人似乎都認爲，起碼要超過四十五歲才能稱之爲熟女。其中一人還抱怨說，有一次聽說所謂的熟女俱樂部，竟然有三十歲的女生混進來，「這樣實在不行啊！」

但他們都認爲，六十歲之後的熟女最有魅力。日本有種說法，六十歲稱之爲「還曆」，那時的女人已經能夠完全豁達接受年齡這件事情，因爲豁達，所以勇氣倍增，什麼都不怕了，也不會畏畏縮縮。

恰好近日讀到我非常喜歡的日本作家「向田邦子」的隨筆散文，提到她對皮衣的自卑情結，年輕的時候總認爲，要有苗條的身材，高挺的鼻樑，纖細的嘴唇，才適合穿皮衣，而像她那樣頂著蒜頭鼻，身材圓潤的人一旦穿上皮衣，就成爲笑柄。可是當她處在坐四望五的年紀時，想法就漸漸變了，覺得想穿什麼就穿什麼吧！「自己在別人眼中是什麼形象固然重要，但是穿上喜歡的衣服時，自己心中的歡喜更是珍貴。如果拘泥於無謂的清高來決定自己對人事物的喜好，只會讓自己越活越狹隘……」

（「皮衣」／《午夜的玫瑰》）

女人一輩子大概都是這樣唉唉叫度日吧！過二十歲生日的時候明明還很年輕，就要寫一篇什麼告別十代宣言的悲傷文；到了三十歲更不得了，好多人都趕著年末出清一樣，或是時間到了就一定要吃飯一樣，沒結婚沒人愛的，就被蓋上一個大大的「敗」字，還「敗犬」咧！可是到了四十歲，或五十歲也來了，六十歲不遠了，再回頭去看那些三十歲與三十歲就風蕭蕭兮易水寒的蒼涼宣言，也不知道是看待人生的心態變得柔軟了，還是真的冷血了，總覺得「一眼看破」的能力或那種「不願拘泥或屈就」的本事變強了，那也就沒什麼好計較的了。

譬如，女人都不愛被問到年齡，但日本人很奇怪，管你什麼大牌小牌明星，只要提到名字，後面自動括號標示年齡（但也有些特例是不公開的），這樣子省得閃躲，譬如黑木瞳，就算標示年齡，大家也會發出讚嘆，哇，一點都看不出來耶！

像我娘，大概就是所謂的那種過了還曆之年，也沒啥好怕的代表了。總是直刺刺跟對方嗆明自己已經超過七十歲了，然後就引來排山倒海的讚美，哇，看起來一點都不像呢！（我娘到現在都還會穿緊身內搭褲跟長筒馬靴，也難怪嚇人）！

但這篇文章到底想要講什麼啊，簡直到了沒辦法收尾的地步，是說還沒到四十五歲不要隨便說自己是熟女嗎？好吧，就借用London Hearts熟女特別企畫之中，愛慕熟女的某位男藝人說的，女人啊，就算超過四十五歲，也不用在意別人的眼光，穿上自己喜歡的衣服，出去約會吧，出去玩耍吧！

21

變老，一點都不可恥

一直不老，才恐怖呢！就算老爺爺也可以打扮很嘻哈，老婆婆也可以穿細肩帶啊，所謂「到死都是十八歲」不是指容貌而是心境。

攝影：李氏

生命是避免不了要變老的，只是普遍而言，變老這種自然現象總是遭到歧視，譬如，郭富城竟然出現老人斑，劉德華怎麼可以有老花眼，林熙蕾的臉皮鬆弛，或劉嘉玲有小腹，張信哲顯老……更多更多，年紀大的就是「敗」，年輕的就是「勝」。媒體以嘲諷或不屑的字眼來取笑明星，讀者也一樣，彷彿自己都不會變老那樣火力全開，「那些變老的人還有膽量出來見人，真是不知羞恥。」特別是康熙來了，大概超過三十歲就會被主持人小S羞辱到想去撞牆吧！

尤其在網路，暴露年齡變成一種禁忌，譬如討論到某某話題，最常會出現類似的反應，「你竟然知道瓊瑤電影，那不是暴露你的年齡嗎？」或是「你竟然看過天龍特攻隊，慘了，這樣大家就知道你很老了。」

老了，是怎樣，不行嗎？老了就應該去山裡自己找一塊地挖墳墓，不要出來嚇人嗎？

可是村上春樹說，「不管多麼努力，都無法再和以前一樣的跑了。我想主動接受這個事實，雖然很難說是愉快的事，但這就是所謂上年紀了。就像我有任務，時間也有任務。而且時間比我更忠實、更確實地執行它的任務。畢竟時間是，從發生所謂時間這東西的時候開始，一時片刻都未曾休息地往前進到現在。而能避免年紀輕輕就死去的人，把那當成特殊恩典，被賦予確實老去的權利。而肉體衰弱的榮譽則等在後面，我們不得不接受這事實，並習慣它。」……《關於跑步，我說的其實是……》

我喜歡村上春樹這段文字，避免在年紀輕輕就死去的人，從此有了確實老去的權利，沒錯啊，那是特殊恩典，一點都不可恥。

前陣子，看到一則自由時報特派記者鄒念祖來自威尼斯坎城影展的報導，提到影后張曼玉這幾年很少接片，竟然是爲了要替未來演祖母做心理準備！「她不打算整容或打肉毒桿菌，希望優雅的老去，接受自己本來的樣子。」張曼玉也承認，要讓自己一下就接受要演祖母的角色不容易，所以她想休息幾年，等眞的老了，就可以演老人。

其實張曼玉年輕的時候也拔過虎牙，但是到了這種年紀，有這種體悟，尤其身處演藝圈這麼計較外表年齡的環境裡，就像站在打擊區，只對自己擅長的球路揮擊，或站在投手丘，依照自己的節奏投球那樣自在。我跟同齡的大學同學分享這則報導時，她大聲讚好，回了一個訊息，「去他的電波拉皮，去死吧！」

可以優雅的老去，接受自己的樣子，應該比鈴木一朗連續十年維持單季兩百安打的紀錄還要艱難吧！（但鈴木一朗竟然辦到了，所以也値得挑戰啊！）

有人說，中山美穗老了，再也無法突破電影「情書」的高峰。沒錯，中山美穗老了，但是她變得更美麗，有人生歷練過的智慧，有歲月浸潤過的風霜，她飾演老公辻仁成暢銷小說那位謎樣的女子，從三十幾歲演到六十幾歲，恰如其分，風情萬種。我們不能霸道的要求中山美穗不能老，因爲淺野溫子也開始演二宮和也的媽，鈴木保奈美復出大河劇飾演上野樹里的娘，許多角色不是靠美貌年輕就能壓制，不管是說話的速度、肢體的節奏、眼角的風霜，少部分可以靠演技，可以靠化妝，但是年紀歷練的本事，無論如何都要變老之後才有辦法渾然天成。

所以，吉永小百合（65）、八千草薰（79）、岩下志麻（69），老了，但是很漂亮，有韻味，她們仍舊熱愛演藝工作，持續演出，一直有代表作。

可是台灣演藝圈完全不行，很多女演員過了三十歲就化老妝演阿嬤，因為過了四十歲大概沒角色可以演了。年紀再大一點，可以拍的廣告就只剩下假牙黏著劑跟老人年金保險。有一次看到馬之秦在「康熙來了」坦率表態說她六十八歲了，像這種大物，等同於吉永小百合、八千草薰和岩下志麻的地位啊，但是她的演出機會一定不多，好可惜。更別提八點檔那些長壽劇，莫名其妙演到第二代出現了，那些第一代都不會老，眞是見鬼了。

可以自在變老，看鏡子的時候不被鬆弛皺紋嚇到，確實需要許多修養。我認識一位傳統市場菜攤老闆娘，有一陣子說她筋骨痠痛，「因為變老了，身體一下子不習慣，給它一點時間。」

變老，不行嗎？很可恥嗎？

一直不老，才恐怖呢！就算老爺爺也可以打扮很嘻哈，老婆婆也可以穿細肩帶啊，所謂「到死都是十八歲」不是指容貌而是心境，那些只會取笑老人，鄙夷變老這件事情的傢伙，有本事自己就不要老。

send
to
me

22

無緣社會與孤獨死

攝影：Patty Chang

那些公眾人物一旦出現皺紋或斑點就被批鬥嘲笑，
但是更深刻的高齡化問題才是讓人孤獨到死的課題。

我一直很注意日本陸續發生的「高齡者所在不明」問題，每天追著網路新聞彷彿跌進推理小說的布局之中，連我的日本網友都好奇問我，看到日本這個現象，會不會覺得日本社會很奇怪？但我回答說，台灣其實也正在面臨這個問題，那是一種同理心的焦慮，而且台灣可以倚賴的老人福利政策更脆弱，更讓人擔憂。

最初是因爲一則新聞，某戶人家的百歲高齡長輩，被發現早就在家裡某個深鎖的房內往生多年，成爲白骨，但家人辯稱，該高齡者是在進行修行，不能入內探望。新聞匆匆瀏覽，細節已經不太記得了，當初只覺得，這眞是東野圭吾的小說題材，但仔細思考，又懷疑會不會是經濟不景氣的集體犯罪，倘若隱瞞高齡者過世的消息，起碼可以持續領老人年金，對家庭收入不無小補。

但事件越滾越大，原本以長壽國自傲的日本，經過政府單位調查，住民登記有案的百歲以上高齡者還持續支領老人年金，卻查無此人的「所在不明」案件陸續暴增，截至二〇一〇年八月十四日爲止，讀賣新聞針對全國二十都道府縣（五十二市區町）調查報導，百歲以上高齡者所在不明的案例高達兩百四十二人。而ＮＨＫ新聞經過查訪，發現某些高齡者登錄地址早就翻修爲停車場或新大樓，或有親屬證實該高齡者早就因爲金錢問題或相處不易，失去聯絡多年，究竟住在什麼地方，完全沒有線索。

也就是說，政府對這些「所在不明」的高齡者持續支付年金，但這些人到底還有沒有存活在這世間，沒有人知道，就連他們血緣關係最親近的子女，也問不出所以然。

這讓我想起另一個社會現象，「孤獨死」。這個專有名詞源自於一九七〇年代，日本各地陸續發生獨居老人在屋內過世許久，才被偶爾造訪的親族發現，或因爲惡臭被鄰居通報的事件。持續到一九八〇年代，透過新聞媒體報導，即使在英美國家，也用日文孤獨死的發音「Kodokushi」來定義這個越來越深刻化的社會現象。

所謂孤獨死（こどくし），指一個人生活，因爲突發病狀死亡，也就是病狀發生時，即使呼救也沒人理會的死亡狀態。特別是在冷漠的都市裡，鄰居之間鮮少接觸，許多高齡者往往在屋內孤獨死去，數日或數月之後才被發現，死因固然有心肌梗塞、腦溢血等急病或慢性病，甚至有意外猝死，或是長期慢性的酒精依存症，但也有自殺的可能。當然也不僅僅是獨居高齡者，其他年齡的獨居者也可能發生孤獨死。日本一年有三萬多個「孤獨死」案例，「誰也沒有發現那樣，默默在屋內孤獨死去」，如果無法確認身分，就送往「無緣墓地」。甚至日本早就出現所謂專門處理孤獨死的特殊清掃事業體，二〇一〇年初，NHK推出一個特別專題報導「無緣社會」，在網路引起相當大的迴響。

日本老人福利制度已經比台灣體貼許多，卻仍舊有這種問題，相較之下，台灣應該更嚴重才是。尤其這幾年核心小家庭盛行之後，老人獨居的情況更爲普遍，也就是說，不管你結不結婚，到了最後，有相當大機率都是孤獨過日子，伴侶總有一個人先離開，小孩不一定會照料到最後，高齡者問題會越來越深刻，而孤獨死的案例也會越來越多。聽起來雖然很心酸，但走了就走了，投胎去了，就像電影「送行者」那位父親一樣，孤獨在漁港死去。

前幾個月，熟識的出版社編輯送我一本書，《爸爸教我的人生功課》（大塊出版）。是一位專門從事超老族醫療照護的美國醫生Jerald Winakur從他身為醫者與人子的觀點記錄他和父親的種種人生功課，以及他從照料的患者身上看到的老人問題。我從來沒有讀一本書讀得這般沉重，但也慶幸自己讀了這本書，人生啊，眞的不是我們所預期的這般愜意。

Winakur醫師說，「每個家庭沿著各自不同的旅程，陪同至親往生命終點走去，到了目的地，發現只剩下記憶。」

「我們都在尋求解答，都希望為父母做『對』的事情，但往往為的是人生伴侶和我們自己，當然也是為了孩子，只是，我們通常不知道什麼是『對的事情』。」

「我們今日活在崇尚青春的虛榮社會，所有訊息都在告訴我們，人要得到尊重，必須感覺年輕，要感覺年輕，必須外表年輕。雜誌上的失禁產品廣告或電視上的陽痿藥物廣告上的臉孔與軀體，完全不能代表我從事的老年醫學所服務的對象。美國退休協會發行的光可鑑人雜誌封面上，總是印著電影明星或名人肖像，而且往往是某個『改造』到幾乎無法辨認的人。」

「每個人離開人世的走法都難以預料，尤其當我們年老，受慢性病折磨時。」

「父母若活得夠久，將成爲我們的孩子。有接近半數的父母在辭世前，會罹患明顯的失智症，其餘的多半終將因癌症或心臟疾病而體能衰退。假使我們將長輩 視爲必須照顧的人，正如他們一度照顧我們，也許便能以更具同情的態度對待他們。幾乎所有的父母都將仰賴我們，依靠我們強壯的臂膀、我們的溫柔、我們的同情。我們要替他們打點三餐、支付帳單、要送他們去看醫生，坐在醫院或安養中心的床邊，在最後一刻陪在他們左右。」

「如果我們可以在父母變老時學習如何尊重他們，也許可以擺脫自己變老時的某些恐懼。我們這一代嬰兒潮總是引發爭議，而我們可以靠自身經驗，改變我們的文化對長者的負面觀感。在晚年壓垮我們之前，我們可抓住僅有的機會改造現狀，在我們離開人世之前，還有機會帶來改變。」

我對這幾段話特別有感觸，尤其當自己的母親失去聽力，必須仰賴助聽器，開始對人與人溝通產生恐懼之後，她害怕單獨去陌生的醫院就醫，沒辦法獨自去郵局辦事情，她只從事她熟悉的活動，堅持她的習慣，偶爾鬧脾氣，像小孩子一樣。

某一次過馬路的時候，我竟然不自覺去牽她的手，就像童年時期，她牽我過馬路去幼稚園上課那樣，我終於知道，女兒的母親後來會變成女兒的女兒，所有曾經讓母親受過的苦與煩惱，都會變成女兒對母親該容忍與承擔的總和。而總有一天，所有女兒老了之後，也會變成自己母親的樣子。

零零散散寫了這些，多少也是對現今社會價值觀對青春曲解的病態主流，覺得無奈。那些公眾人物一旦出現皺紋或斑點就被批鬥嘲笑，但是更深刻的高齡化問題才是讓人孤獨到死的課題。往後這十年、二十年間，醫學院畢業生說不定都選擇去做牙齒美白或開業做微整形醫師了，外表勉強保持青春，但內在勢必要老化的問題，說不定找不到充分的醫療資源來照護，因爲內科外科醫師都欠缺，只剩下靠玻尿酸肉毒桿菌賺錢的醫學美容了。

但偶爾還是會煩惱，要是自己變成高齡獨居的老婆婆，會不會那樣孤獨的死去，像「是枝裕和」導演的電影，在「無人知曉的夏日清晨」離去，畢竟，沒辦法什麼都準備好，行李都打點好，家具跟藏書都變賣之後才能從容死去吧！倘若那樣孤獨離開，必然也是命啊！

23 恐怖的婚活炸彈

攝影：黃夏妤foustine

愛情與婚姻既有微妙的情感曖昧，也有現實的經濟問題要面對，到底有沒有辦法像農產品促銷那樣，或是靠政府砸下重賞，大家就心甘情願去結婚生子，顯然還是個大問號。

初次看到「婚活」這個名詞，是在日本Yahoo網站，那兩個漢字變成當天首頁的超級熱門關鍵字，甚至闢出一處類似實體世界的華麗賣場，或像那種在世貿一館二館三館擴大舉辦的招商大會，倘若沒有具大商機，像Yahoo這種在網路領域寸土寸金的黃金店面，還真的很難攻打下來。

從此以後，婚活廣告banner

就像背後靈一樣，不斷滲透到新聞網頁，甚至某些明星偶爾也要應景發表類似的宣言：「好像應該積極地參與婚活了吧！」

婚活，這個聽起來像是維他命健康食品或CPR急救還是高劑量濃縮膠囊的東西，彷彿通過婚姻才有辦法活下來的那種錯覺（以上純屬我自己的胡思亂想），其實是「結婚活動」的簡稱，凡是以結婚爲目的之必要行動，都可以稱之爲「婚活」。這個專有名詞最早出現在二〇〇七年十一月由朝日新聞出版發行的《AERA》雜誌，一位研究家族社會史與感情社會學的中央大學文學部山田昌弘教授所提出的。之後山田教授與白河桃子共同執筆的《婚活時代》也在書市造成話題。總而言之是讓大家認清日本的結婚實態，所謂非婚化、晚婚化的現狀，「對那些無法結婚卻想要結婚的人伸出援手，是必要的行爲。」

於是「婚活」就像炸彈一樣在日本社會全面引爆，類似「就業活動」的「就活」操作模式，各種婚活商業組織簡直如古人所說的「雨後春筍」那樣，不斷在實體世界與網路虛擬組織之中冒出來，加上電視、雜誌等媒體不斷報導取材，甚至有專門爲婚活代言的「婚活藝人」，果然「婚活」這兩個字如預期那樣攻進二〇〇八年流行語大賞入圍名單。

一般日本人爲了就業必須四處參加「就活」，而今爲了結婚也要積極參與「婚活」，讓人忍不住發出一聲喟嘆，「唉，已經變成這種時代了啊！」

舉凡學生畢業之前必須四處參加「公司說明會」、「面試」、「證照資格取得課程」、「分析自己的長處短處」、「情報蒐集」、「特別對策」等「就活」企畫，幾乎完整複製到「婚活」的套裝提案中。譬如男性專屬的「體格鍛鍊」、「造型品味養成」、「如何增加聊天話題」、「男性保養美容課程」；女性專屬的「美容與美甲沙龍」、「料理烹飪課程」，都包含在「婚活」收費服務項目中。而婚活的最終目的，就是安排各種相親活動，提高「與眞命天子天女的命運邂逅」，才是參加「婚活」的終極目標。

日本不愧是個廣告行銷玩到出神入化的神樣國度，光是看那些婚活網站的slogan，彷彿有個小暖爐在內心點火，「工作繁忙」、「但周圍的人都漸漸結婚了」、「爲什麼命運的邂逅還沒找上我？」、「高達81.7%的人畏懼一生獨身」、「難道你還在被動等待眞命天子天女降臨嗎？」

因此各大搜尋入口首頁不斷出現類似「日本最大級，遴選九大好評婚活網站」的大標題，聲稱只要1.2分鐘就能完成免費資料登錄，按照年齡、收入條件、居住區域嚴格篩選，在家輕鬆上網就能查詢各種婚活服務。「安心、信賴、實績豐富的婚姻仲介機構」，不但有「二十代、三十代」專屬，還有「四十代」與「中高年族群窗口」「再婚特別相談室」，舉凡「婚活力」、「結婚力」的免費診斷，還是婚活免費體驗，情報服務，相親Party……總之，業者扛著「與其等待，不如主動尋找」的大旗吆喝，拍胸脯保證，任何「結婚相談所的基礎知識」、「強力推薦的結婚相談所網站」一應俱全，剎那間，彷彿看到電子商務的氣魄在結婚市場豪邁炸裂的盛況。而且網站業者還很貼心附上一句感人的結語，「如果這個網站能幫上小小的忙，我們將感到無比的幸福」……哇，這也太甜蜜了吧，但是讀起來還是看到背後的金錢商機，覺得有點奸詐呢！

「婚活」這個關鍵字立刻點亮我內心的推理火苗，於是循著山田昌弘與白河桃子共同執筆的《婚活時代》一路在日本Amazon網路書店抽絲剝繭，沒想到婚活產業不僅和旅遊業、飯店業、美容業等異業結盟，甚至在書市吹皺一池春水，所有書名都活蹦亂跳生猛有力像剛剛捕獲的鮮蝦一樣，眞想隨即立正站好，朝著日本列島的方向鞠躬致敬，你們這些婚活主題編輯們，也未免太厲害了！

來吧，請保持冷靜，繫好安全帶，婚活書系生猛有力的書名開始發射：

■《男人的婚活戰略》《女人的婚活聖經》（不曉得有沒有兩書合購附贈「送入洞房」保證書。）

■《結婚難民》《結婚冰河期》（顯然無法結婚的問題已經跟環保議題一樣，對地球造成困擾了。）

■《草食系男子的使用說明書》《肉食系女子的戀愛學》（所以無法結婚都是因爲男草女肉的關係嗎？）

■《爲了跟理想男性結婚必須知道的三十五項法則》（感覺可以追加一本《爲了嫁入豪門必須練就的三十五種特異功能》作爲進階版。）

■《站在懸崖邊的高齡獨身者》《單身急增的社會衝擊》（變成社會問題了喔！但是標題好嚇人。）

■《獨身王子早點去死？》（講這麼犀利已經有恐嚇的意味了。）

■《從失敗案例談婚活正確步驟》（感覺可以辦一個禮拜的研討會。）

■《「還沒結婚嗎？」之應答理論武裝》（喔耶，終於有人看不下去了。）

■《婚活貧乏～如何有效閃躲非結婚不可的傢伙》（再補上一腳，反婚活開始大反撲。）

所謂的「婚活積極派」，對於不擅長溝通與經濟能力不佳的草食系男性，以及過於積極因此嚇跑男人的肉食系女性多所指責，也因爲婚活炸彈與少子化對策的影響，由地方政府或私人企業編列預算舉辦「婚活」的趨勢已經成爲社會現象的一部分。但結婚活動商業化之後，因爲惡質商業行爲而對婚活組織告發的問題也越來越多，甚至利用婚活會員渴望成婚的心態而發生的「結婚詐欺」事件也層出不窮。評論家與經濟學者指出，由於女性對結婚對象的收入要求提高，而政府爲了避免「少子化」拚命「催生」的結果只是讓收入不安定的男女「先有後婚」，因爲懷孕才被迫結婚，造成離婚率升高與小孩教養問題，反而更棘手。

於是東京工業大學社會學教授「橋爪大三郎」出面抨擊，「參考就職活動的婚活，感覺是很奇妙的產物」「原本從戀愛到結婚的過程就有千差萬別的情況，如今有了看似面面俱到的套裝商品，似乎將風險降到最低，也最省力，卻是讓人感覺不可思議。選擇結婚對象就好像從衣櫥裡面挑選衣服一樣，我很想說，這根本是錯誤的。」「眞的相愛嗎？彼此的腦海除了『算計』之外，還有『戀愛』兩個字存在嗎？」「以現狀來看，婚姻關係的變化已經成爲許多人的困擾，如果單身的決定是自己認眞面對自己的決定，結不結婚是個人的自由，應該對這樣的想法表示尊重才對。」

到了二〇一〇年三月五日的朝日新聞，出現以下的批判聲浪：不管是媒體還是有事者，以「非結婚不可」「倘若不結婚就是等待孤獨死」等理由來威脅不婚者，對「婚活」搧風點火，因爲這種不安的威脅產生的壓力現象，簡稱爲「婚壓」。也就是單身者被婚活炸彈炸到壓力倍增，而且壓力的背後還有孤獨死的不安，那才是讓人厭惡的部分。

根據日本野村總和研究所的調查，五十歲未滿且年收入未達四百萬日圓的男性高達83.9%，但是一般女性理想結婚對象卻是五百到七百萬日圓，這種黃金對象的比率根本不到4.9%。也因爲經濟不景氣，男性要求女性應該在婚後繼續工作以增加家庭收入，而女性又因爲就職困難，希望成爲專業主婦，靠老公養的想法也越來越普遍，所以靠自然戀愛走向開花結果的婚姻生活，看起來是越來越困難了。也難怪「婚活」變成日本經濟體系重要的商業活動之一，而「婚壓」也開始變成日本未婚男女的困擾。

台灣許多政策和社會趨勢甚至流行風向都跟在日本之後，短則一兩年，長則十年，日本人碰到的問題，台灣人大概也躲不掉。譬如縣市政府跟企業單位也開始提列經費預算，幫這些「結婚難民」搭起友誼的橋樑，各種婚友社與相親網站雖然良莠不齊，但也多少滿足「渴婚族」對「命運邂逅」的美好期待。雖然還不像日本婚活如炸彈那樣全面啓動，起碼也有相當程度的催化作用。只是，愛情與婚姻既有微妙的情感曖昧，也有現實的經濟問題要面對，到底有沒有辦法像農產品促銷那樣，或是靠政府砸下重賞，大家就心甘情願去結婚生子，顯然還是個大問號。

當婚活不斷催化結婚的美好面向，孤獨老死的不安恐懼或少子化的問題背後，橋爪大三郎教授的批判，以及評論家與經濟學者的憂慮，也該認眞思考才是。

24

好嚮往小田切讓的彩虹公寓

攝影：馬該

養兒防老這觀念，
可能在自己還沒老去之前，
就已經被滑鼠游標移進垃圾桶了。

雖然我也有一幫已婚的朋友，他們的婚姻幸福，或即使不圓滿仍舊在互相容忍的範圍中，偶爾聽他們發牢騷，說出惡毒的字眼，卻還是看著他們轉身走回伴侶身旁，我只是當了短時間的臨時派遣工，負責聽他們訴苦，再將他們的婚姻苦水倒進餿水桶而已。另外一群被正常婚姻關係排擠在外的「非婚」「不婚」亦即所謂的「結婚難民」，反倒因爲臨床症狀雷同，因爲人生已經轉到不同頻道了，可以一起討論的主題就跟已婚族關注的焦點有所不同，譬如，孤獨終老這件事情。

但說穿了，即便因爲害怕孤獨終老才努力找個伴結婚的人，並不保證從此脫離孤獨終老的風險，畢竟，總有人先走一步，不管是離開兩人的婚姻關係，還是離開這個世界，最後，總要一個人終老，跟結婚與否無關。所以那些喜餅廣告，不要再灌什麼「找到另一半，人生才完整」這種華麗的迷湯了，畢竟人生跟婚姻可不是一盒喜餅就能打發的，開什麼玩笑。

不好意思，離題了。但我其實想說的是，一部日本電影給予的人生啓發，關於孤獨終老這個課題。

「犬童一心」導演的作品，小田切讓、柴崎幸、西島秀俊主演的「メゾン・ド・ヒミコ」（La Maison De Himiko 中譯片名：彩虹下的幸福）。

其實很早就在日本新聞網站知道這部小田切讓主演的片子，也不曉得爲何，完全不清楚有沒有在台灣上映過，之後在住家附近的亞藝影音發現ＤＶＤ時，赫然有種街角相遇的驚喜，隱約覺得是天意。

片商決定「彩虹下的幸福」作為中譯片名，還用了一段宣傳詞：「斷臂山之後，最令人怦然心動的電影。」但我其實不覺得這是單純講述同性戀的電影，而是「愛與和解」的片子，包括母女、父女、同性、異性、友情、慾望、好奇、體恤、誤解、到最後因為愛而和解。

電影中，穿著襯衫的小田切讓很迷人，在富士日劇「大奧」演出深情款款的將軍大人西島秀俊也登場。其中有段眾人在舞廳跳排舞的情節，很白爛，很kuso，很滑稽，小田切讓甚至還穿整套白西裝配夾腳拖鞋呢！但是，好歡樂啊！歡樂的後勁甚至可以延續好久。這畫面讓人想起敦化北路ＫＩＳＳ舞廳還在的時候，大家不都喜歡在Disco舞曲陪伴之下，集體跳那種很假掰的大排舞嘛！

又離題了，但一定是因為小田切讓的關係。倘若有那樣一座看得見海的公寓，磁場與頻道相似的朋友約好在那裡一起變老，應該很棒才對，如果有小田切讓這樣的帥哥相伴更好。

可能是因為從二十五歲到三十五歲之間，不斷被一種單身孤老的恐懼逼迫著去找結婚對象，或即使過了三十五歲還未結婚，或離婚之後又急於走入婚姻，那種倒數讀秒的壓力往往讓人失去清楚思考的能力，誤以爲結婚生子，就不會有「一個人老後」的問題，再怎麼樣也有伴侶或子女陪伴。可惜「實際操作」之後，或越來越多案例證明，可以在家人陪伴之下終老固然是大家所期待的基本款，但越來越多人被迫在安養中心孤單過日，或還未老到無法動彈就已經被子孫棄養，倘若自己沒有足夠的銀彈過活，想要找份可以養活自己的收入都成問題。尤其今年夏天那場雨勢來得急促的颱風警報，我們又恰好看到安養中心那些阿公阿嬤泡在水裡等待救援的畫面，誰不是猛然嚇醒，養兒防老這觀念，可能在自己還沒老去之前，就已經被滑鼠游標移進垃圾桶了。

印象中應該是三十歲前後，未婚的朋友就會開始嚷嚷，既然沒辦法結婚，那就約定，老了之後住在一起吧！互相照顧，誰幫誰推輪椅，誰幫誰拍痰，誰幫誰煮稀飯，一起去打流感疫苗，一起去做復健，誰先離開就先去天堂買預售屋，誰最晚走就要負責幫大家早晚三炷香。當時覺得這種承諾好歡樂啊，彷彿是什麼偉大的義氣，隱約也是壯膽的儀式，甚至有點狡猾，不負責任。這約定往往因爲其中某人結婚去了，成員越來越少，但也可能幾年過後，又有人從婚姻狀態變成單身，又重新回鍋到這個計畫陣容裡。尤其看了小田切讓的彩虹老人公寓之後，不管男的女的，不約而同都點名這位帥哥坐檯，還很陶醉地肖想說，就是要像那樣面海的公寓，天氣好的時候，在藍天下面曬衣服，有柴崎幸那樣可愛的派遣員工幫忙打掃煮食，西島秀俊那樣的小型營造商老闆來修理圍牆，還可以在小田切讓起鬨之下，一起到鎮上熱鬧的舞廳跳排舞。

感覺眞好，但實際不然，回到現實，哪個老人公寓不是找外勞來相伴，根本不會是小田切讓和柴崎幸。

到底要幾歲才夠老？到底要多少錢才能住進面海的公寓？到底要怎樣的交情怎樣的氣度怎樣共同生活的決心，才能夠如願的，優雅的，彼此照顧，一起變老，最後再攜手面對死亡？

老了，病了，無法動彈的時候，連世間最堅韌的親情都未必能夠守候到盡頭，何況是一群沒有血緣關係的朋友，一群因爲單身而越來越固執的傢伙，有自己熟悉的生活區塊，喜歡的散步動線，對群體生活不輕易妥協，即便這樣，還能如年輕時候的約定，等到必須互相扶持的時候，就能帥氣收拾行李，一起迎接遲暮之年嗎？

明天都不知道會發生什麼事情了，何況是老後。但可以有一群鬨來起鬨的朋友，約好一起住進小田切讓的彩虹公寓，感覺起來，還是很溫暖啊！

25 單身女和母親的終生戰役

攝影：Pei-Chun Chen

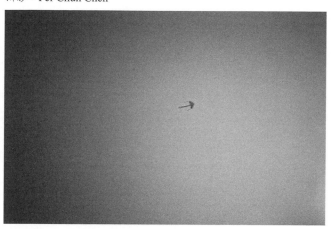

過了幾年之後，因為女兒還是不嫁這件事情，母親多少會失去部分戰鬥力，陸續出現牛棚已經沒有中繼投手在熱身的空虛感，她就會開始演一個人的內心戲。

不結婚的女兒跟母親之間，永遠存在一場嚴苛的人生戰役。但話說回來，即使女兒出嫁了，母女之間也沒辦法鬆懈，只是換了戰場，換了敵國對手，一樣不輕鬆。

我與母親是「隨性B型女vs.固執O型母」的對戰組合，但是從小到大，我把B型人的隨性隱藏得很好，據說出生時的哭聲如貓叫，被大人丟在小搖籃就能自得其樂。求學階段也沒什麼差錯，即使不是功課頂尖，也還不至於留級重考。就業還算順遂，出國讀書也沒惹過麻煩，唯獨結婚一事，成爲一場過了正規比賽局數還不斷延長的戰役。

對母親來說，沒有嫁出去的女兒就像她人生的挫敗，只能催婚，安排相親，軟硬兼施，賭氣，放話，或者類似八點檔連續劇那樣的溫情攻勢，說她看到隔壁鄰居嫁女兒，也會躲在門杜旁邊偷哭，希望自己嫁女兒的時候可以不要那麼激動，因爲臉上的妝會花掉，不好看。

倘若偶爾聽妳提起某某男性友人的名字，她頭頂的小型衛星天線就會在五秒之內快速竄升，甚至可以不用熱身就立刻投出時速158公里的快速直球，問說，那個男的幾歲？結婚沒？住哪裡？做什麼工作？兩人什麼關係？有沒有正式交往？要不要跟對方父母見面？（妳感覺這位阿母已經快要手刀衝到衣櫥拿出剛買的套裝，只要再去美容院吹一下頭髮就可以去拜訪對方家長看日子談婚事了）。

如果在路上遇到妳的小學同學的母親，當晚下飯的話題就變成這樣：

「妳同學還沒二十歲就結婚了，生了三個小孩，妳同學的媽媽都當阿嬤了，眞好命！」

「然後呢？」（繼續扒飯。）

「聽說常常被老公打，就離婚了，小孩帶回娘家給阿嬤養。」

「妳看吧，這樣有比較好命嗎？」（夾一口青菜。）

「話不能這樣講啦，又不是每個人結婚都這麼倒楣。」

「那如果這麼倒楣，怎麼辦？」（繼續扒飯。）

「當然要忍耐啊！」

「那妳不是說老爸對妳講話大小聲，妳忍耐幾十年了，再也不要忍耐了。」（放下筷子，決定拚了。）

「那不一樣啦！」

「……」（OS：屁啦……內心做了一個翻桌的動作。）

如果有一對夫妻朋友恰好帶著小孩來家裡拜訪，那對夫妻又剛好是妳的大學同學，也就是所謂的「班對」，母親就會藉由切水果或端飲料的機會飄出來。

「你們是同學喔，好厲害啊，一邊讀書一邊戀愛，小孩都這麼大了，不像她……」（切水果的刀子指著我的鼻尖。）

「沒有啦，她這樣比較自由啊！」（同學你這回答也太老梗了吧！）

「現在說自由喔，老了就孤單啦！」（完全就是吹毒針的黑暗兵法。）

要是去菜市場買菜，菜飯魚販肉販會熱情招呼說，「妳女兒喔！」「對啊，都在台北工作，剛好放假回來。」「很孝順喔，陪媽媽來買菜！」「對啊，都幾歲了還不嫁，還孝順咧！」（嗶嗶嗶，這位阿母，老闆又沒問妳這個。）

某天剛好經過母親房間，看她拿一件華麗的改良式旗袍在鏡子前面比來比去，然後很哀怨地碎唸，「這件衣服是買來等妳結婚請客的時候穿的，結果樣式都退流行了，也變胖了，穿不下了。」（又掃到西南氣流的尾巴了。）

過了幾年之後，因爲女兒還是不嫁這件事情，母親多少會失去部分戰鬥力，陸續出現牛棚已經沒有中繼投手在熱身的空虛感，她就會開始演一個人的內心戲。譬如正在剝柚子，或是正在剪腳趾甲，還是看連續劇的廣告途中拿面紙擤鼻涕時，冷不防嘆一口氣，「要不然就試試看那些離婚的啊，有小孩也沒關係啦，但是不可以去愛那種有老婆的喔！」說完之後，繼續剝柚子、剪腳趾甲、看連續劇。

又過了幾年，母親會突然打電話來，說她要出國玩，「妳回來看家，餵魚澆花，早晚去四樓佛廳點香。」「我嗎？」「當然啊，其他人要顧他們自己的家庭啊！」「妳看吧，沒嫁出去的女兒很好用吧！」「……」（掛電話。）

也有以下狀況，某位阿嬸跑來家裡聊天，說她女婿在外面有女人，還找人來娘家嗆聲，說要離婚，但別想要錢。那位阿嬸哭哭啼啼，母親突然把我推到前線擋子彈，說什麼「結婚也沒有比較好啦，自己賺錢養自己比較實在。」等到阿嬸回家，這位阿母看到一派輕鬆癱在沙發上看日劇的女兒，忍不住還是戰鬥力十足丟出一顆快速直球，「雖然這樣講，還是結婚比較好啦！」（阿娘喂，這就是傳說中的，所謂的鬼打牆嗎？）

然後，某些時候剛好有未婚的朋友來家裡，母親頭頂那根久違的衛星天線也可以在毫無維修保養的狀態之下迅速升空：

「妳也沒結婚喔！」

「對啊！」（朋友毫無警戒心，不知死活的樣子。）

「妳們這些女生到底是怎麼了？都不結婚喔！」

「對啊！」（原來朋友用這招，實問虛答。）

「嘖嘖，現在已經變成這樣了喔！」

「對啊！」（這位朋友，妳眞的太強了！）

久而久之，也有這種對話：

「妳的朋友啊，那個誰誰誰，不是大學畢業就結婚，有個女兒啊……」

「離婚了啦！」

「還有那個啊，結婚在台南飯店請客的那個朋友啊，老公家很有錢的那個……」

「也離婚了啦！」

「現在的年輕人怎麼都這樣，還有，妳的朋友都很奇怪咧……」

對於多數父母來說，嫁不出去或娶不到老婆的兒女就是人生的失敗，而離婚雖然是當事人的選擇與決定，對父母來說，也同樣是失敗。如我這個世代，仍舊處在尷尬的夾縫裡，不曉得下一個世代會不會有所改變。譬如我那些已婚的同學朋友們，當他們的孩子不結婚或離婚的時候，是不是仍然有「不婚女與焦慮母的延長賽」，或是「不婚男與煩惱母的對峙」。但父親的角色到底在哪裡呢？好像只是默默站在旁邊看戲吧！或是客串路人角色，或偶爾遞茶水發便當那樣，畢竟多說什麼，都不對勁。

有一次跟一位男性友人提到這些母女之間的終生延長賽，他一直安慰我，說這不算什麼，像他是家中獨子，又遲遲不婚，他的母親認爲事關傳宗接代，簡直悲傷得要死，還問他是不是同性戀，要不然領養小孩也可以啊！他說自己都挺過來了，加油吧！

好吧，有類似煩惱的兒子女兒們，那就互相加油吧！畢竟母女或母子之間這種拌嘴的情誼，也是世間難得的緣分和幸福啊！

26

單身開伙有什麼難的

攝影：Patty Chang

有時候在廚房站了好久，腿痠了，才想起，不就是一個人吃飯嘛，也未免太費功夫了吧，但隱約是善待自己的一種體貼，也就心甘情願了。

很多人都以為一個人為何還要開伙煮飯，這麼麻煩，隨便去買個便當就好啦！雖然我偶爾也會偷懶，真的隨便去買個便當來充飢，但是那樣太不成敬意了，即使是一個人，也要善待自己才好，絕不可以讓自己也瞧不起自己。

喜歡一個人去買菜，一個人在菜市場或超級市場遊蕩，享受一個人想吃什麼就吃什麼，其他人都不可以來囉唆的霸道。一個人在廚房切菜熬湯煎魚煮米粉湯，不管好不好吃，都要很有氣魄的……一個人把菜吃光光。

或者一時手滑，開始料理大爆走，就把朋友們找來，煮一整桌，十菜一湯，或者更豪邁，彷彿流水席大廚那樣的氣勢與驕傲，開起小型料理轟趴。

一個人煮食，不像張羅一家子三餐那麼棘手，但處理起來還是要懂得分寸，否則量的方面拿捏不好，倘若不是把自己變成食物處理機或餿水處理桶，就是餐餐吃一樣的菜，吃到膩，最後失去下廚的興致，重新走回買便當的輪迴。

我也曾經犯過大忌，一時興起做了一大鍋酸辣湯，結果天天喝天天喝，喝出怨氣來。或是煮了太多咖哩，餐餐咖哩飯咖哩麵咖哩烏龍，往後約莫有兩、三個月，只要聞到咖哩味，就開始反胃。從此學乖了，想吃咖哩，就去日式超市找即食咖哩包，口味從「甘口」「辛口」「大辛」「激辛」一應俱全，只要煮好白飯，找一個漂亮的大餐盤，即食餐包熱過之後，呼嚕呼嚕淋上去，就很有「料理東西軍」的架式了。

倘若煮了白飯，就蒸條魚，燙個青菜，煎個麻油荷包蛋，擺盤成高價日本料理名店的定食模式，隨即有被寵愛的幸福感。或是燒一小鍋水，20塊錢豬肝切片，菠菜，關廟麵全部丟進去，起鍋之前撒上蔥花，營養清淡，也很爽口。天氣涼一點，就用沙鍋煮香菇雞湯，添一把麵線。天氣熱就吃涼拌菜，小黃瓜或秋葵或大黃豆芽。

有時也做簡單漬物，超市有現成的紫蘇口味漬物醬，白菜或紅蘿蔔洗淨切片，裝在密封罐裡，添上漬物醬，充分搖晃之後放在冰箱下層，每餐用乾淨筷子夾一些放在漂亮的小碟子，幻想那漬物來自京都。

冷凍水餃幾乎是單身必備，遇到天氣惡劣或食材不夠甚至是發懶的日子，水餃就是最稱職的救援大物。不管是水煮，或蒸，或加上隔夜剩下的湯做成湯餃，或加入辣油白醋麻油變成抄手，水餃絕對是冷凍庫的狠角色。

麵條不可少，我偏好關廟麵，咬勁與寬細度都恰好，沒必要特別控制烹煮火候，就算只用醬油麻油烏醋乾拌，都很美味。

要不然就滷一鍋前腿蹄膀肉，加上豆干、滷蛋、海帶，用滷汁拌飯拌麵，再隨便燙個青菜，就很豪華。那滷汁又可繼續滷雞翅油豆腐，滷久了變成老滷，哇，一個人做菜也能發展出老店老滷汁，太有成就感了吧！

冰箱的空虛狀況或飽滿狀態有時候也成為情緒投射的指標，倘若打開冰箱，只看見微弱燈泡亮度，門邊架上孤伶伶一瓶剩下一半的鮮奶和兩罐啤酒，一顆看似過期的雞蛋，和早就超過賞味期限不曉得幾年的豆瓣醬豆腐乳，那必然是日子過得恍恍惚惚的證據啊，蹲在冰箱前方，虛弱到不行。

最好是底層鮮果抽屜有蘋果，有綠色葉菜，有洋蔥番茄牛蒡綠竹筍；中層有冰鎮過的綠豆湯；上層有熬煮精燉兩小時的蔬菜牛肉湯底；冷凍庫有凍豆腐跟水餃，加上解凍之後可用來煮薑絲清湯的鯛魚片，小排骨肉當然也要囤積一些，拿來煮菜頭湯或山藥湯都恰當。這種把冰箱餵飽的澎湃態勢，約莫也反映了那幾天強烈的開伙慾望，全然就是安心感作祟。

一人做菜一人吃，好吃難吃都要負責任把菜清光，沒得抱怨。也許是習慣了，腦袋資料庫早就塡滿單身食譜，什麼季節吃什麼應景蔬菜，什麼天氣靠什麼冷熱協調，量不要多，一餐吃完最好，兩餐算極限，否則就會失去耐性。做菜過程好像是自己跟自己對話的儀式，有時候在廚房站了好久，腿痠了，才想起，不就是一個人吃飯嘛，也未免太費功夫了吧，但隱約是善待自己的一種體貼，也就心甘情願了。

單身開伙本來就很隨性，不像做菜給家人吃，雖然有幸福的甜度，但也有只許成功不許失敗的壓力，菜色該怎麼調配，鹹淡偶爾也被嫌，做飯做成煩惱，有時候又成爲心頭不愉快的疙瘩，只不過是一餐飯啊，動鍋動灶外加切切洗洗，心情好的時候不算什麼，脾氣壞的時候就哀怨到不行，就不像一個人煮給自己吃那麼愜意了。

有時發懶就什麼也不管了，率性出外覓食，只要一個超商御飯糰也行，這孤寂與自由一體兩面的對稱，某種時候，也只有自己才知道箇中滋味啊！

所以，一個人買菜做菜，放在冰箱的空心菜不管放再久都沒有人幫你處理掉，冰很久的炒飯也不會有人幫你微波吃光，總之你要有那種氣魄，出了什麼紕漏或闖了什麼禍，沒有人會出手相救，就是要想辦法自己解決，該捨棄該吞下的，自己承擔。

但是話說回來，煮了好吃的料理，一個人慢慢把飯菜掃光的時候，偶爾也會幻想，倘若做菜給心愛的人吃，應該也是甜蜜的事情才是啊！不過也就在那刹那間幾秒過後，畫面急轉直下，那人可能嫌這個麵條太硬，湯的味道太鹹，或是說，還是自己家裡的媽媽煮的比較對味，於是一頓飯吃出兩人的爭執，好吧，還是想想就好，別眞的去冒險啊！

27 最好是談那種無副作用的戀愛

攝影：杜品萱

盡量想辦法談那種沒有副作用的戀愛吧！
不要讓其他人在這段愛情之中受到傷害；
不要讓自己與他人的人生因為這段愛情而千瘡百孔。

已經決定不結婚的人，或過了適婚年齡仍舊單身的人，應該經常被問到類似這樣的問題……「好吧，就算不結婚，難道不想談戀愛了嗎？」或者，「還是會渴望戀愛的感覺嗎？」

唉，人生莫非注定要被這些無法爽快應答的問題窮追猛打一輩子，才有辦法考驗其坎坷之中歷練出來的智慧嗎？就算內心不斷冒出類似擠青春痘膿包的刺痛感，有時候還是必須硬著頭皮去回答，或佯裝輕鬆去應對，可是如何表態都不對勁，哪一次不是臉部筋肉抽搐，強顏歡笑呢？唉～～（免不了再唉第二聲！）

如果能夠率性回答，「沒錯，老娘不想談戀愛了！」或是「屁啦，老子才不期待什麼戀愛的感覺！」應該已經超越常人境界，無視輿論萬箭穿心，也算有Guts吧！

面對這種問題其實很討厭，畢竟談戀愛這種事情，又不是想吃御飯糰的時候，只要走進便利店，叮咚一聲，站在28℃恆溫貨架前面，肉鬆或鮪魚或沙拉蝦，應有盡有，拿去櫃臺付錢即可，談戀愛可不一樣啊！如果只是伸手啓動頭頂的小型衛星天線四處獵取合適的對象就能達成目標，那誰不想呢？總要天雷勾動地火，而且必須雙方情投意合才行吧！何況，就是因爲不擅於將戀愛完美收尾，才沒辦法以婚姻模式劃下完美句點，這時候要立刻表態是不是繼續戀愛，不管是「技術層面」還是「心靈層面」，其實都很殘酷。何況發問者到底是眞的關心還是怕場面太尷尬找話題來搪塞，發問者說不定對答案沒什麼興趣，但被問到問題的人卻很煩惱啊！

不過仔細想想，不管是媒體取材還是朋友之間的閒聊，對於「多久沒有正式交往男女朋友」「多久沒有談戀愛」等提問，還是相當殘酷生猛。如果在戀愛與戀愛之間能夠無縫接軌，大概可以領到「勝」的徽章，或者幾個月空窗期也還能勉強擠進「勝組」，一年以上大概就被歸類到「敗組」，三年以上可能沒救了，如果十年以上沒有談戀愛，大概可以直接打包丟進焚化爐了吧！雖然很討厭這樣被分類，就算內心覺得很「肚爛」，敢大聲反擊的人也不多，有時候不免嘀咕，「自己難道這麼沒有市場競爭力？」

但人生為何要以多久沒有談戀愛或沒有固定男女朋友來分門別類呢？「老娘偏不信這種標準」，或是「老子懶得理會這種定義」，如果可以這麼想，應該很爽吧！

但是已婚的人都懼怕那些號稱一輩子都要戀愛的單身者，說那些人就像瘟神，說他們或她們是「單身公害」。

唉，「公害」耶，好沉重喔！

不想結婚其實是怕麻煩，不想談戀愛應該也是怕麻煩，尤其「談那種一堆副作用的戀愛」，或「結那種很多併發症的婚」，倘若不是愛情戰勝一切，就是愛情可以讓人妥協，大口吞下委屈，反正先拔劍亮刀再說，其他的問題，就慢慢解決了。

能事先分析那些副作用與併發症的人，都太冷靜了，也太怕麻煩了，所以不容易談戀愛，也不太容易走入婚姻，只要想起那些「副作用」跟「併發症」，大概連打開愛情的糖罐，挑一顆幸福膠囊的興趣都缺缺吧！

可是不結婚的人已經算社會上的邊緣怪咖了，倘若還不談戀愛，應該連邊緣怪咖的標準都稱不上，直接被踹下懸崖了吧！這種人一定不好相處，一定有問題，一定討人厭，一定很自私……但為何就沒有人想到，這種人是因為怕麻煩才不想結婚，才不想談戀愛的呢？

很多人都主張，即使不結婚也應該繼續戀愛，但是不結婚又要繼續談那種不傷及無辜、無副作用與併發症，還要不造成公害的戀愛，應該比三振鈴木一朗還要困難吧！

不過囉唆一堆，藉口滿地，當愛情來的時候，當喜歡的人出現的時候，應該也沒辦法這麼冷靜吧！誰不是義無反顧先撲上去再說，就像乩童踩著刀山也要扛神轎衝過去一樣，當眞考慮清楚，把那些副作用跟併發症排除之後，戀愛應該也談不成了吧！

很多時候，當我們對所謂的不倫之戀指指點點，或看著媒體記者的狠毒評論大噴發，扛起道德的鞭子用力抽打那些在婚姻與愛情的道德框架底下犯錯的男女時，內心其實也會發出小小的喟嘆，人世間的愛情，果眞是危險又迷人啊！但誰都不要鐵齒自己一輩子不會上刀山下油鍋去冒險。

所以，就盡量想辦法談那種沒有副作用的戀愛吧！不要讓其他人在這段愛情之中受到傷害；不要讓自己與他人的人生因爲這段愛情而千瘡百孔；不要爲了避免被說成怪人而勉強去談戀愛，結果日子也沒有過得比單身好；不要爲了證明自己不是難相處或太自私所以就找個人談那種在一起也沒有很開心、分手也不至於太難過的戀愛；不要因爲自己對婚姻沒有信心，卻爲了想要保持戀愛的感覺，就硬要介入他人婚姻，然後說什麼不在乎，反正我只要當第三者就好……

那些副作用跟併發症足夠讓人摔到鼻青臉腫，但如果硬要說「這是愛情的代價」，或是「愛情因爲殘缺才完美」的台詞，那就去吧，記得傷口自行清理，痛苦自己吞下去，如果沒辦法收拾殘局，那就一個人過日子，不互相虧欠，畢竟人生除了愛情，還有許多值得付出的美好啊！

28

對單身者祝福情人節快樂到底是什麼意思

攝影：Amelia Yeh

沒有情人幹嘛在情人節一定要快樂啊，
天天快樂不行嗎？

台灣人真的很愛過情人節，2月14日西洋情人節要過，3月14日白色情人節也要過，到了農曆七夕（不是俗稱「鬼月」嗎？），牛郎織女一年一度相會，千辛萬苦找喜鵲來搭橋，哭得唏哩嘩啦，但台灣人還是要很浪漫地，以領先全世界的姿態，再過一次情人節。反正媒體也樂得製作千篇一律的新聞，說賓館業者接客接到手軟（咦，接客？）；情人節大餐一位難求；巧克力多麼夯；KTV要排很久……搞得情人節變成商機大廝殺，空氣裡飄散著濃濃的費洛蒙，每一對在街上相依偎的戀人身上都充滿「今晚一定要滑回本壘得分」的戰鬥力。

可是情人節對單身者到底有什麼意義？根本沒有啊，就像郵政節、消防節、律師節一樣，我們很少會對郵差以外的人說「郵政節快樂」，或是對消防隊員以外的人說「消防節快樂」，如果不是律師，應該也不用送上「律師節快樂」的祝福吧！可是為何到了情人節，就一堆人以那種無特定目標無差別全面掃射的架式，從早到晚喊著「情人節快樂」呢？

好啦好啦，人家是好心，想說沒有情人的人，也應該噓寒問暖，過得快樂一點啊！要不然有情人的人去吃大餐或開房間，沒情人的人只好回家燒炭……取暖，關懷一下，應該也算是慈善舉動。但仔細想想，這種日子，除了情侶之間濃情蜜意深情款款互相說一聲「情人節快樂」比較名正言順之外，不相干路人甲乙丙丁，如果隨意跟人說「情人節快樂」，尤其對那些沒有情人的單身者，得到的反應應該是～～「您，哪位啊？」

因此一年三次的情人節，對單身者而言，眞是尷尬啊！因為走在路上，擦身而過的每一對戀人身上都一副九五無鉛汽油加滿，油門踩到底，今晚一定要達陣成功的浪漫氣魄，就算無視這種節日感，冷不防一早電腦開機還是會收到某些不知道是故意還是眞心或者是無意的～～所謂的情人節祝福，甚至有朋友以手機簡訊傳來「情人節快樂」，一整天就在那樣的轟炸之下左閃右閃，於是我有一位超猛的友人乾脆在MSN掛一句警語：「今天誰再跟老娘說情人節快樂，我就一拳揮過去，讓你的門牙說再見，說到做到……」好威啊！

那麼，分手的前男友前女友也在情人節捎來簡訊祝妳或你情人節快樂，那代表什麼？或一個討厭的相親對象，死纏爛打糾纏不休，在這天祝妳或你情人節快樂，會不會有嘔吐感？明明就沒講過兩三句話的辦公室同事，在茶水間對著妳或你說情人節快樂，到底有什麼企圖？或是好討厭的部門主管，在這天突然假裝很浪漫多情說什麼情人節快樂，聽起來有沒有很噁心？

爲什麼就沒有人說，「清明節快樂」或「中元節快樂」，而且4月4日兒童節大家都很清楚不應該對著大人說「兒童節快樂」，但爲何偏偏情人節就要四處跟人說「情人節快樂」呢？

尤其很多單身者，或處於男友女友空缺狀態的人，剛剛失戀的人，或失婚的，被甩的，被劈腿的，根本就想自動跳過這三個情人節，或低調過個平淡的日子，卻冷不防被這句問候擊中要害，簡直是趴下來躲過子彈，卻防不了背後遭到突襲，被捅一刀直接倒地噴血啊！

所以，拜託拜託，這種節日問候，還是要看對象看場合吧，有時候我們自以爲貼心，在情人節捎上祝福，讓單身的人也有被關懷的溫暖，即使沒有情人還是有朋友來噓寒問暖啊！對啦對啦，這些好意都沒錯，但重點是，沒有情人幹嘛在情人節一定要快樂啊，天天快樂不行嗎？

不過這種心聲也只能默默哀嚎而已，一旦大聲嚷嚷，又要被貼上標籤，就說這些沒有情人的人，沒有愛情滋潤的人，怨念好深，很容易就變成敏感的怪胎。看吧，連「情人節快樂」都可以暴跳如雷，這麼敏感，號召什麼「去死去死團」，或是看電影故意劃單號位子，讓情侶不能坐在一起……

好吧，抱怨結束。那就祝各位有情人的朋友，在情人節這天一定要火力全開，奔向愛情的本壘板。至於單身的人，那就一年365天都要記得快樂喔！

29

領養孩子就能安心終老嗎？

攝影：Pei-Chun Chen

領養一個孩子，經濟與心理上的負擔，
跟那些孤老的問題比較起來，更讓人煩惱才是啊！

我們的內政部在面對全球性「少子化」問題，一直都以「催生」爲解決手段，花很多預算徵求口號，選出一個「孩子是傳家寶」的slogan，還搬出不同的獎金誘因，生一個給幾萬塊錢之類的小甜頭，這就像ＮＨＫ大河劇「龍馬傳」描述的幕末時期，負責海軍操練的「勝海舟」說的，「用舊思維去面對勢不可當的時代變化，就是死路一條。」沒錯，台灣用催生來解決少子化的問題，說不定也是死路一條。

問題不是不生，而是生了養不起，教育不起。大人都很難生存了，生一個小孩領幾萬塊錢獎金，然後呢？離婚率飆高，每四對結婚新人有一對會離婚，想像一下，這些以離婚收場的小孩，倘若父母一方的財力雄厚，要拉拔長大應該不難，要是單靠一方工作來支撐，當然很吃力。因此未來要面對的問題必然是適婚年齡的男女選擇單身的機率越來越高，這些都不是內政部鎖定可以「催生」的族群，反倒是20歲以下的「奉子成婚」變成主流，近來日本就有一項統計，有超過80％的婚姻都是因為「懷孕了」，而且年齡眞的都集中在18歲到20歲之間，因此，政府一直以各種稅制來鼓勵生育，但生了小孩就什麼問題都解決了嗎？

台灣不管是稅制還是社會保險，都是以懲罰單身作爲手段，希望藉此提高結婚率與生育率，但許多經濟條件衡量之下，或男女面對婚姻的忍氣吞聲已經不像舊時代那樣，不合則分，不要蹉跎彼此的人生，所以我不反對單身者多繳稅或多繳保險費，畢竟最後沒有子孫奉養照料，還是要回歸到社會福利制度，但是單方面要求單身者負擔高額的稅金與保費，卻沒有未來因應的照護措施，這才是讓人不寒而慄的地方。

但也不要以爲結了婚，生了小孩，老病之後就有保障。日本在二〇〇六年四月實施「高齡者虐待防制法」以來，每年都會透過「都道府縣市町村」的地方分層掌握老人虐待件數，二〇一〇年十一月二十二日厚生勞動省統計出上一年度二〇〇九年，全國六十五歲以上高齡者受到家人、親族或介護設施（也就是安養機構）職員虐待的案件，較前年度增加了4.9%（增加732件），共15,621件，其中有32人因爲受虐死亡，自該法實施以來，已經連續三年呈現增加趨勢。

其中，遭到家人或親族虐待的案件共15,615件，較前年增加了726件，被害者當中，77.3%爲女性，42.2%爲八十歲以上，加害者爲同住之人占86.4%，其中以兒子（41%）最高，其次是丈夫（17.7%），女兒（15.2%）。遭到殺害者有17人，放棄介護致死者有6人。

另一方面，遭到介護設施職員虐待者較前年增加了6件。因爲沒有其他數據佐證，倘若要斷言，送到介護設施受到虐待的機率比較少，遭到家人虐待的機率反而比較高，似乎不客觀，但是以日本老人鮮少與家人同住的機率看起來，有能力住到安養機構，不倚賴子孫的生活方式，好像受虐的機會是比較少的。

再對照今年在日本大爆發的「高齡者行蹤不明」案件，有高齡者在自家屋內變成白骨，子女爲了繼續領取老人年金，並沒有到區役所申報死亡證明，或高齡者早就行蹤成謎，但政府的年金還是持續發放，甚至有出生於幕末黑船來襲的人依然健在的紀錄。

這不代表日本的問題比台灣嚴重，台灣的高齡者虐待或放棄照護或行蹤不明的案子說不定更多，但是台灣到底有沒有高齡者虐待防制法，或有沒有類似的案件統計呢？老一輩的想法都是「養兒防老」，有了小孩，老後生病有人照養，死了有人捧斗，告別式有眾多子孫披麻帶孝，普遍被認爲人生圓滿，但是這種觀念越來越不牢靠了，年輕一輩找不到工作，沒有穩定收入，買不起房子，要養自己都很困難了，倘若還要養小孩，到底還有多少時間金錢和耐心脾氣來陪伴父母終老呢？

前些日子，有位長輩聽說我單身，沒有小孩，隨即熱心建議要我去領養一個孩子，否則老了病了，沒人照顧，或死了沒人幫忙辦告別式，非常淒涼啊！譬如哪個姨婆當年膝下無子，還好有親戚過繼兩個小孩給她，晚年才有人幫她辦後事，或是某某叔公終生未娶，也領養了孩子，生病才有人照顧，等等。但我腦海想到的不是這些問題，而是領養一個孩子，經濟與心理上的負擔，跟那些孤老的問題比較起來，更讓人煩惱才是啊！畢竟領養一個孩子，可不像領養一隻流浪狗那麼容易，那是一輩子的牽掛吧！

無論如何，台灣勢必要面對「少子化」的問題，但重點不是一味的要求大家生小孩，而是要開始深刻考慮人口老化與老人照護問題。但是要期待政府有所規劃，似乎很悲觀，畢竟，不管是哪一黨，誰不是想在短期選舉獲利，眞的提得出遠大規劃的政治人物，或選民有耐心聽的政見，太少了。光是健保、勞保等社會保險，或國民年金的規劃，財政破洞一堆，負債累累，或許在我們65歲之前，國家早就破產了，至於那些一出生在台灣就背了一屁股債的小孩，不要說什麼傳家寶了，我們這些大人還眞的對不起他們呢！

當然，有結婚能力，有生小孩能力的人，就盡情享受家庭婚姻與親情的美好，但千萬不要寄望未來老病之後，子女或伴侶就一定有耐心伺候或陪伴終老，畢竟，人生是很嚴苛的啊～

面對少子化問題除了「催生」，面對老人照護問題除了「開放外勞」之外，我實在看不出政府能夠透過社會福利政策給什麼保障。某天夜裡看了「新聞挖挖哇」，聽到幾位頭腦清晰的專家說法，才知道45歲以下繳交各種社會保險或國民年金的老百姓，想要在65歲以後領回合法的保障，機率是微乎其微，因爲這些制度會在那之前就先破產了。所以，單身的人，甚至已婚有小孩的人也一樣，無論如何都要撥一筆預算，趁早找一家可以信賴的保險公司，把自己的老年保險規劃好，這比領養一個小孩，然後沒有把握以後自己面臨「老貧病」會不會遭到棄養虐待，來得實際吧！畢竟誰先離開，誰先病倒，誰替誰送終，誰在死亡來臨之前會不會遭到家人虐待棄養，可都是無法事先預料的嚴峻功課呢！

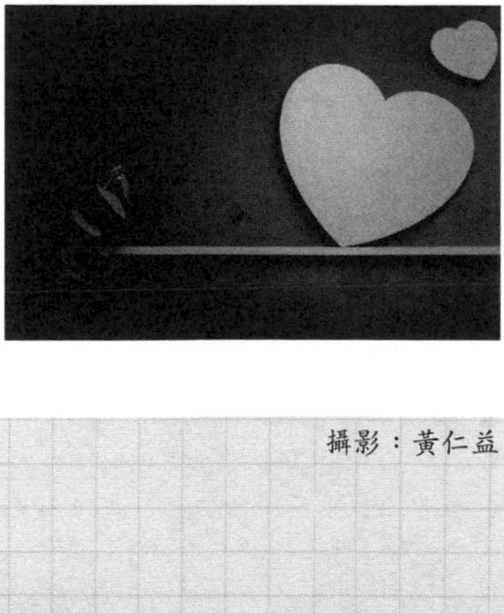

攝影：黃仁益

國家圖書館出版品預行編目資料

只想一個人，不行嗎？/ 米果著.——初版——臺北市：大田，2011.10
面；公分.——（美麗田；125）

ISBN 978-986-179-227-9（平裝）

855　　100017127

美麗田 125

只想一個人，不行嗎？
作者：米果

出版者：大田出版有限公司
台北市106羅斯福路二段95號4樓之3
E-mail：titan3@ms22.hinet.net
http：//www.titan3.com.tw
編輯部專線（02）23696315
傳眞（02）23691275
【如果您對本書或本出版公司有任何意見，歡迎來電】
行政院新聞局版台業字第397號
法律顧問：甘龍強律師

總編輯：莊培園
主編：蔡鳳儀　編輯：蔡曉玲
行銷企劃：黃冠寧　網路企劃：陳詩韻
校對：謝惠鈴／鄭秋燕／陳佩伶
承製：知己圖書股份有限公司・（04）23581803
初版：2011年（民100）十月三十日
五刷：2011年（民100）十二月一日
定價：新台幣 240 元

總經銷：知己圖書股份有限公司
（台北公司）台北市106羅斯福路二段95號4樓之3
電話：（02）23672044・23672047・傳眞：（02）23635741
郵政劃撥：15060393
（台中公司）台中市407工業30路1號
電話：（04）23595819・傳眞：（04）23595493

國際書碼：ISBN 978-986-179-227-9 / CIP：855 / 100017127
Printed in Taiwan

From：地址：

姓名：

廣　告　回　郵
北區郵政管理局登
記證北台字1764號
免　貼　郵　票

＊請沿虛線剪下，對摺裝訂寄回，謝謝！

To：大田出版有限公司　編輯部收
地址：台北市 106 羅斯福路二段 95 號 4 樓之 3
電話：（02）23696315-6　傳真：（02）23691275
E-mail：titan3@ms22.hinet.net

大田精美小禮物等著你！

只要在回函卡背面留下正確的姓名、E-mail和聯絡地址，
並寄回大田出版社，
你有機會得到大田精美的小禮物！
得獎名單每雙月10日，
將公布於大田出版「編輯病」部落格，
請密切注意！

大田編輯病部落格：http：//titan3.pixnet.net/blog/

智　慧　與　美　麗　的　許　諾　之　地

＊請沿虛線剪下，對摺裝訂寄回，謝謝！

閱讀是享樂的原貌，閱讀是隨時隨地可以展開的精神冒險。

因爲你發現了這本書，所以你閱讀了。我們相信你，肯定有許多想法、感受！

讀 者 回 函

你可能是各種年齡、各種職業、各種學校、各種收入的代表，

這些社會身分雖然不重要，但是，我們希望在下一本書中也能找到你。

名字／＿＿＿＿＿＿ **性別**／□女 □男　**出生**／ ＿＿年 ＿＿月 ＿＿日

教育程度／＿＿＿＿＿＿

職業：□ 學生□ 教師□ 內勤職員□ 家庭主婦

□ SOHO族□ 企業主管□ 服務業□ 製造業

□ 醫藥護理□ 軍警□ 資訊業□ 銷售業務

□ 其他 ＿＿＿＿＿＿

E-mail/ ＿＿＿＿＿＿ 電話／ ＿＿＿＿＿＿

聯絡地址：＿＿＿＿＿＿

你如何發現這本書的？　**書名：只想一個人，不行嗎？**

□書店閒逛時 ＿＿＿＿ 書店 □不小心在網路書站看到（哪一家網路書店？）＿＿＿＿

□朋友的男朋友（女朋友）灑狗血推薦 □大田電子報或網站

□部落格版主推薦 ＿＿＿＿＿＿

□其他各種可能，是編輯沒想到的 ＿＿＿＿＿＿

你或許常常愛上新的咖啡廣告、新的偶像明星、新的衣服、新的香水……

但是，你怎麼愛上一本新書的？

□我覺得還滿便宜的啦！ □我被內容感動 □我對本書作者的作品有蒐集癖

□我最喜歡有贈品的書 □老實講「貴出版社」的整體包裝還滿合我意的 □以上皆非

□可能還有其他說法，請告訴我們你的說法

＿＿＿＿＿＿

你一定有不同凡響的閱讀嗜好，請告訴我們：

□ 哲學□ 心理學□ 宗教□ 自然生態□ 流行趨勢□ 醫療保健

□ 財經企管□ 史地□ 傳記□ 文學□ 散文□ 原住民

□ 小說□ 親子叢書□ 休閒旅遊□ 其他 ＿＿＿＿＿＿

請說出對本書的其他意見：

大田出版有限公司編輯部 感謝您！